HEYNE
HARD
CORE

SOPHIE ANDRESKY

GUTENACHT

WOVON FRAUEN
WIRKLICH TRÄUMEN

WILHELM HEYNE VERLAG
MÜNCHEN

Der vorliegende Band enthält Kolumnen von www.joyclub.de aus den Jahren 2012–2014 und aus dem Playboy-Magazin (2014)

Unter www.heyne-hardcore.de finden Sie das komplette Hardcore-Programm, den monatlichen Newsletter sowie unser halbjährlich erscheinendes CORE-Magazin mit Themen rund um das Hardcore-Universum.

Weitere News unter www.facebook.com/heyne.hardcore.de

FSC
www.fsc.org
MIX
Papier aus verantwortungsvollen Quellen
FSC® C014496

Verlagsgruppe Random House FSC® N001967
Das für dieses Buch verwendete
FSC®-zertifizierte Papier *Holmen Book Cream*
liefert Holmen Paper, Hallstavik, Schweden.

Originalausgabe 11/2014

Printed in Germany 2014
Umschlaggestaltung: yellowfarm GmbH, S. Freischem,
unter Verwendung eines Motivs von © istockphoto / matty2x4
Satz: Schaber Datentechnik, Wels
Druck und Bindung: GGP Media GmbH, Pößneck

ISBN: 978-3-453-67667-1

www.heyne-hardcore.de

Inhalt

Allet Plaste Elaste

Was sind das für Männer, die es mit Gummipuppen treiben? Kriegen die nicht mal diejenigen Frauen zum Vögeln ab, die so hässlich sind wie aufblasbare Attrappen? Die Latte liegt ja nicht sehr hoch.

Gesichtsmäßig sind die holden Maiden eine Mischung aus dem Scream-Gespenst und einem Botox-Unfall. Etwas zu straff geliftet, und die Augen glupschen über dem Staubsaugermund. Auch der Körper würde es nicht zu Germany's next Topmodel schaffen, wie diverse User in Rezensionen eines sehr großen, sehr bekannten Buchversandhauses beklagen. Dort werden neben Büchern inzwischen auch Teebeutel, Dörrautomaten und Taschenmuschis angeboten, also lauter Dinge, die der Mensch zum Leben braucht.

»Man sollte sich schon im Klaren sein, dass so was nur ein Sexspielzeug ist, ne echte Frau kommt da nicht aus der Schachtel, also keine zu hohen Ansprüche stellen«, bereitet ein Endverbraucher potenzielle Neukunden auf die Bestellung vor.

Detaillierter wird ein anderer: »Aber vorsichtig, die Muschi ist anfällig, sie geht nach ner Zeit leider sehr leicht kaputt und ist daher vorsichtig zu benutzen. Sonst ist das Teil eigentlich ganz brauchbar, wenn man die Alte net zu hart anpackt.«

Hilfreich auch die vielen anatomischen Produkthinweise: »Die großen Brüste sind auf den Körper geklebt, und man sieht die Schnittstellen deutlich. (...) Die angeblich behaarte Vagina spottet jeder Beschreibung und hat nichts mit Haaren zu tun.«

Und manch ein Rezensent macht sich wirklich viele Gedanken über seine Gespielin: »Eine wirklich sehr schöne Liebespuppe mit sexy Haltung, in der viel möglich ist, sehr große Brüste mit schönen weichen, aber auch harten Brustwarzen, (...) nur dass sich hier die Brustwarzen NICHT ablösen wie bei den anderen beiden teuren, sondern fest ansitzen. Außerdem ist der Mund (Lippen, Zähne und Zunge) wirklich wunderschön weich, wenn man sie küsst, fühlt es sich fast wie echt an.« Ich stelle mir das Küssen einer Gummipuppe vor, als würde ich ein Kondom lutschen. Aber gut, auch für dieses Vergnügen wird es Liebhaber geben.

Ein anderer bemängelt die Lage der Körperöffnungen: »Anatomisch sind Vagina und Po zu weit auseinander (...), so dass der Penis auf 90 Grad nach oben ›verbogen‹ werden muss.« Das klingt eher nach Weichteilyoga als nach Ekstase.

Ekstatisch werden kann es mit den Gummi-Girls aber durchaus. Der Fan einer japanischen Liebespuppe widerlegt, dass das Ficken einer Luftmatratze generell freudlos ist: »Ihr müsst es mal zu zweit machen mit Muzuki – echt klasse.« Ich mag mir nicht vorstellen, wie gleich zwei Männer dieselbe Plaste-Tante durchfiedeln.

Mein Lieblingstipp für das naturnahe Sexerlebnis: »Das Ganze mit Kartoffelbrei füllen, und das beste Feeling ist gewährleistet.« Da denke ich sofort an die Pfanni-Werbung: »Oma stampft nicht mehr!« Jetzt wissen wir, warum.

Sehr pragmatisch geht es ein anderer an: »Die Schamlippen wurden verkaufsfördernd rosa gefärbt, leider wäscht sich die schöne rosa Färbung bei der Reinigung und Benutzung ab.« Hier sind echte Frauen wirklich im Vorteil. Ich wasche meine Muschi seit achtunddreißig Jahren, und die Schamlippen sind immer noch schön rosa. Schönheitsbedenken hat auch dieser Griechen-Fan: »Leider ist Alicia sehr blond, was für eine Griechin eher ungewöhnlich ist. Sie zwickt auch etwas und guckt doof.«

Wieso umweht Sexpuppen immer noch dieser Hauch von Verzweiflung und Armseligkeit? Frauen kaufen ihre Dildos (immerhin Penisattrappen) inzwischen gut gelaunt in bonbonfarbenen Erotikboutiquen, erzählen ihren Freundinnen davon, und eigentlich wundert man sich, wenn eine berichtet, dass sie kein Toy zu Hause hat. Aber ein Mann, der in lockerer Runde von seiner aufblasbaren Silikon-Susi erzählt?

In dem tollen Film *Lars und die Frauen* lebt der gestörte Lars mit einer lebensechten Sexdoll zusammen, und aus therapeutischer Nettigkeit spielt das ganze Dorf mit. Die Puppe wird zu Partys eingeladen, bekommt einen Job und ist nach einer Weile besser in die Gemeinschaft integriert als gewisse Leute, die neben mir wohnen und zur Begrüßung gern mal mit Schmackes auf den Gehweg rotzen. Aber im wahren Leben? Undenkbar.

Ich habe noch nie Post von einem Puppenfan bekommen oder bin auf dieses Thema angesprochen worden, obwohl es immer wieder passiert, dass Leser sich spezielle und sehr spezielle Spielarten in künftigen Büchern wünschen oder fragen, wo sie dieses oder jenes finden können. Ein Mann war dabei, der seine Schäferhündin auf Fellatio abrichten lassen wollte. Ich verweigerte jede Unterstützung, denn Sex mit Tieren ist ekelhaft, und bitte, Jungs, hört auf, lebende Hühner zu ficken. Kauft sie bereits abgemurkst im Biomarkt und macht dann damit, was ihr wollt. Einem Mann, der sich Pipi-Spiele mit Lesben wünschte, habe ich immerhin freundlich geantwortet, und die Frau, die von Gruppensex in einem Spinnennetz aus elastischen Bändern träumte, wird sich über mein neues Buch freuen. Aber Sexdoll-Fans waren noch nie dabei. Lesen die einfach nicht, oder trauen die sich nicht? Ist es diskriminierend, ihnen soziale Inkompetenz und eine allgemein lächerliche Existenz zu unterstellen?

Die großen Sextoy-Firmen versuchen, die Lücke zwischen Lifestyle-Toy und suizidalem Plastiktütensex zu schließen und präsentieren zunehmend Taschenmuschis für den Mann, der nicht gern selbst Hand anlegt. Auf der letzten Venus-Messe habe ich so viele Pimmel-Staubsauger gesehen wie noch nie. Je abstrakter sie aussehen, desto unproblematischer und lifestyliger sind sie.

Ich glaube, das Abschreckende an Sexdolls ist nicht die künstliche Muschi oder die Tatsache, dass da jemand stöhnend ein Stück Kautschuk besamt – sondern das Gesicht. Dieser Munch-Mund, die Glotzaugen. Wie kann es einem kommen, während man in diese Jigsaw-Maske schaut?

Sie lebensechter zu machen ist keine wirkliche Lösung. Die luxuriösen Androiden, die lebensgroß sind und mit Körperheizung und Atemfunktion bestellt werden können, sind vielleicht ästhetischer, aber nicht weniger gruselig. Puppen haben immer etwas Horrorfilmartiges, egal, ob man sie nun fickt oder sich zu Dutzenden ins Regal stellt.

Dabei ist der Puppen-Fetischismus an sich nicht neu. Der Maler Oskar Kokoschka ließ sich eine lebensgroße Nachbildung seiner Geliebten Alma Mahler anfertigen, um über deren Verlust hinwegzukommen.

Sein Dienstmädchen hätte mit der Alma-Puppe Ausfahrten unternehmen und sie bedienen sollen, aber als sie nach über einem Jahr und zig Überarbeitungen endlich fertig war, erfüllte sie seine Sehnsüchte nicht. Er verwendete sie eine Weile als Modellersatz, bevor er sie schließlich in einem happeningartigen Gemetzel zerstückelte und verbrannte. Kokoschka meinte: »Die Puppe hatte mir die Leidenschaft gänzlich ausgetrieben.«

Anderen Doll-Partnern ist die Begeisterung fürs Plastikpimpern durchaus erhalten geblieben, wie die zahlreichen Pornofilme im Netz belegen, in denen gerammelt wird, bis das Gummi qualmt. (Aber es gibt ja zu allem und jedem einen Pornofilm im Netz. Ich wette, wenn ich gezielt nach Filmen suchte, in denen Männer es mit Glühbirnen, Wollmützen oder Gartenkrallen treiben, würde ich auch das finden.) Dass Lovedolls ausschließlich als Scherzartikel für Junggesellenabschiede gekauft werden, halte ich spätestens nach diesen Aufnahmen für ein Gerücht. Dafür sind die besser ausgestatteten Exemplare auch zu teuer. Eine Luxus-Androidin kostet mehr als ein Jahr regelmäßige Bordellbesuche – das investiert niemand, der kein echter Fan ist.

Überrascht hat mich ein Genre, auf das ich erst im Laufe dieser Porno-Recherche gestoßen bin und das ich, bevor ich mit diesem Thema anfing, zuvor gar nicht kannte: Dollsex. Und das meint keinen Sex mit Gummipuppen, sondern Sex mit Frauen, die so aussehen und sich verhalten wie Puppen.

Am Anfang steht ein großer Koffer, aus dem eine extrem gelenkige Dame mit typischen Doll-Eigenschaften – einem starren Gesichtsausdruck und aufgeschminkten Bäckchen – herausgefaltet wird, um sie schließlich in komplett bewegungslosen Posen durchzunudeln. Nach einer ersten Irritation habe ich mich mit dieser Spielart ausgesöhnt. Als Rollenspiel hat es nichts Degradierendes, denn man wird nicht zum Objekt gemacht, sondern spielt eines, ähnlich wie die Menschen, die sich in einer besonders ausgefallenen Form des SM als Möbel zur Verfügung stellen und nach Feierabend gern mal eine Nachttischlampe mit Elefantenhaut-Schirm auf dem Kopf sein mögen.

Ich glaube, die Living Sexdolls, also die Frauen, die sich als Puppen verkleiden, treiben vor allem zwei Dinge an: Enthemmung und Passivität.

Die Verkleidung enthemmt, sie macht die eigene Person unkenntlich. In einem Kostüm kann man sich fast alles erlauben, was jedes Jahr an Karneval wieder bei den orgienähnlichen Zuständen in der Kölner Innenstadt zu sehen ist.

Dass Passivität im Bett beglücken und befreien kann, weil man Verantwortung abgibt und sich um nichts mehr kümmern muss, ist auch keine Erfindung des SM. Hunderte von Gemälden aus allen Jahrhunderten, auf denen angeblich schlafende und entblößte Frauen zu sehen sind, zeigen genau das. *Oh, ich war so versunken im Traum, ich hab gar nicht gemerkt, dass mein Pfläumchen offen liegt und der Knecht hereingeschlichen ist.* Das funktioniert nicht erst seit Lady Chatterley.

Wenn man die sehr speziellen Freunde von Kartoffelbrei-in-Plastiktüten mal beiseitelässt, bleibt die Frage, was so faszinierend daran ist, eine Sexpartnerin zu haben, die nach Wärmflasche riecht. Das Ideal der absoluten Verfügbarkeit? Das bringt mich zu meiner eigentlichen Frage: Gibt es dieses Ideal wirklich? Wollen Männer tatsächlich Frauen, die jederzeit breitbeinig bespringbar sind und den Mund nur zum Blasen öffnen? Amüsieren sich Männer mit einer Frau, die nichts beiträgt und sich nur zur Verfügung stellt? Ist das nicht irrsinnig langweilig?

Diesen Punkt verstehe ich generell nicht: Einerseits reden und fordern Frauen zu viel, sie quasseln, tratschen, erzählen, zwitschern und blubbern ununterbrochen, wenn man manchen Männern glauben darf. Andererseits geistert in Foren und Live-Gesprächen immer wieder die Frage durch den Raum, was Frauen eigentlich wollen. Tja, Jungs, wissen wollt ihr es, aber sagen sollen wir es nicht? Was denn nun?

Männliche Sexpuppen finden übrigens nur sehr wenige Käuferinnen, und die benutzen diese großen Kens wahrscheinlich tatsächlich als Gag für eine Hen

Night. Ein lebensechter Mann aus Gummi? Mit Bieratem, Furzfunktion und in der Hand eingewachsener Fernbedienung? Dann doch lieber nur einen Gummidödel. In der Muschi summt er, außerhalb hält er die Klappe, und beim Ficken starrt er mich nicht an, als wäre er beim Exorzisten.

Das Fliewatüüt im Kopf

Sex und Krankheiten sind ein Riesenthema, und damit meine ich ausnahmsweise einmal nicht Aids und andere Geschlechtskrankheiten, die sich durch den Gebrauch von Kondomen relativ sicher umgehen lassen – wobei diese Wundertüten nach wie vor mein persönlicher Kreuzzug sind. Solange es HIV gibt, werden in meinen Büchern alle wild vögelnden Schwänze eingelümmelt. Das ist nicht nur gesund beim Nachturnen, sondern auch für mich, denn immerhin wurde neulich einer meiner Romane unter anderem deswegen nicht indiziert, weil alle Orgien safe sind. An dieser Stelle danke ich der Bundesprüfstelle für jugendgefährdende Medien, dass sie die Briketts vom Scheiterhaufen doch noch abgeräumt haben, und um schnell die inoffizielle Frage eines Kommissionsmitgliedes zu beantworten: Nein, ich mache keine Hausbesuche.

Mir geht es heute um Krankheiten rund um den Sex und die Frage: Sind das wirklich welche, oder spinnt da nur jemand gewaltig rum?

Einer Amerikanerin zum Beispiel wurde eine durch Orgasmen hervorgerufene Amnesie bescheinigt. Ihr fehlten die letzten vierundzwanzig Stunden vor dem bewusstseinsverändernden Fick – praktisch, wenn man die Knutschflecke im Schritt zu Hause erklären muss. Die Wissenschaftler vermuteten, dass der Gedächtnisverlust durch die schlechte Sauerstoffversorgung im Gehirn hervorgerufen wurde. Ich vermute, durch die Müffelsocken des Partners. Als Ausrede für was auch immer taugt das trotzdem nicht, denn nur drei bis fünf von hunderttausend Personen pro Jahr vögeln sich derartig ins Nirwana, wobei Frauen und Männer über fünfzig wohl öfter das Vergnügen haben als jüngere.

Atmung ist schon ein heftiger Lustfaktor. Dass Würge- oder Kontrollspielchen tödlich ausgehen können, wissen wir nicht erst, seit sich *Kill-Bill*-Darsteller David Carradine beim Wichsen im Garderobenschrank selbst erdrosselte. Und ich hoffe sehr, dass ich beim nächsten Sex nicht an das aufgequollene Gesicht der Pornomaid aus dem drastischen Dokumentarfilm *9 to 5* denken muss, die noch lange nach ihrem Fickfilm-Einsatz käsebleich ins Nirwana starrte. Auch unter Wasser getaucht zu werden habe ich schon als Kind gehasst und würde es heute als kein bisschen lustvoll erleben. Aber das Gegenteil, also übermäßig zu atmen, bis zu viel Sauerstoff im Hirn ankommt, finde ich durchaus geil. Da ist zum einen das Geräusch, das man selbst macht, wenn man kurz vor dem Orgasmus stöhnend immer tiefer atmet, und zum anderen der angenehme Schwindel, der sich einstellt. Allerdings sollte man dabei liegen oder zumindest die Möglichkeit haben, weich zu fallen, falls man denn umkippt. Dieses Hyperventilieren wirkt beim Sex wie Grillanzünder, und noch lange nach dem Orgasmus flimmert es vor den Augen. (Wobei ich die bunten Punkte, die uns die BRAVO in den »So war's bei mir«-Geschichten immer versprach, bis heute nicht gesehen habe.)

Über das Krankheitsbild der Hysterie zu Freuds Zeiten, das durch Orgasmen behandelt wurde, habe ich schon öfter geschrieben. Nett verpackt wird es in dem Kinofilm *In guten Händen*, wo sich sämtliche unbefriedigten Frauen der Stadt von einem Arzt gesundrubbeln lassen, was schließlich zur Erfindung des Vibrators führt. Auch das Buch *Willkommen in Wellville* von T. C. Boyle, das die Wonnen des gerade in Mode gekommenen Radfahrens feiert, ist dahingehend sehr spaßig.

Weniger lustig finde ich die sogenannten Sex-Skandale, die immer wieder durch den bunten Blätterwald rauschen. Fremdgehen war gestern, heute heißt das Sexsucht. Glaubt tatsächlich jemand, dass das eine Krankheit ist? Vielleicht hat ein verschwindend geringer Prozentsatz dieser Patienten wirklich ein Psychoproblem, alle anderen finden es doch nur einfacher, sich in eine Selbsthilfegruppe zu setzen, statt ihrer Partnerin oder ihrem Partner zu erklären, dass sie Monogamie öde finden und gern in der Gegend herumvögeln. Es ist bequemer, eine Krankheit zu haben, statt Verantwortung zu übernehmen. Hauptsache, es gibt eine Bezeichnung und die offizielle Diagnose, dass da im Kopf ein hupendes Fliewatüüt im Kreis fährt. Wenn ein Golfer zu oft einlocht, soll er bitte dazu stehen und nicht nach der Ersten Hilfe rufen. Nicht alles ist immer eine Sucht. Nicht jeder hat eine Essstörung, manche essen einfach zu viel.

Ja ja, ich weiß, für Krankheiten muss man Verständnis haben. Dabei sollte man aber nicht vergessen, dass zum Beispiel Homosexualität im ICD-Katalog der Weltgesundheitsorganisation WHO bis sage und schreibe 1992 als eigene Krankheit erfasst war. Was normal ist, was krank und was einfach nur unerwünscht, entscheiden auch die Leute um einen herum. Dumm gelaufen, wenn man in einer Gesellschaft oder Zeit lebt, die Kindern den Mund mit Seife auswäscht oder ihnen etwas von Rückenmarksschwund durch Onanie erzählt. Vor allem weibliche Sexualität wurde immer wieder gern als krank wahrgenommen, was schon daran erkennbar ist, dass es weder für Frigidität noch für Nymphomanie eine männliche Bezeichnung gibt. Das hat mit Medizin nichts zu tun, sondern schlicht und ergreifend mit Frauenfeindlichkeit. Medizin ist generell eine männlich dominierte Disziplin, die sich an männlichen Körpern orientiert. Der *gesunde Körper* ist der eines wehrtauglichen jungen Mannes, er bildet die starre Berechnungsbasis für beispielsweise *gesunde* Blutdruck- oder Cholesterinwerte. Der weibliche Körper hingegen wird oft als eine behandlungsbedürftige und minderwertige Abweichung deklariert. Ich sage nur: Cellulite. Was sind wir doch mängelhaft, wenn wir das haben. Da jedoch die Mehrheit aller Frauen powärts gedellt ist und weder Saftkur noch Sport wirklich etwas daran ändern können, ist das keine Krankheit, sondern die perverse Idee einer perversen Kosmetikindustrie, die Photoshop auf den Augen hat. Hätten wir Frauen keine Cellulite und würde man deshalb nichts an uns verdienen –, hätten wir alle Schwabbel-Ohrläppchen, Kniekehlenrötung oder die Haarwurzelplattheit. Und wir Frauen wären so *krank*, das zu glauben.

Für selbst ernannte Behandlungsbedürftige hat die öffentliche Meinung gern Verständnis, denn erstens geht damit ein öffentlicher Bußgang einher, und zweitens – viel wichtiger – gibt es schleimig-schlüpfrige Details zu hören. Gerade bei den Beichten der *Sexsüchtigen* muss ich an katholische Ekstase-Exorzismen denken, wo sich jemand das Wams vom Leib reißt, Glibber spuckt und im Detail berichtet, wie ihn der unsichtbare Dämon gerade mit drei glühenden Schwänzen auf einmal bespringt. Da kann man sich gruselnd und ein bisschen geil die Hände reiben und dem Reumütigen später großherzig verzeihen.

Aber wie verständnisvoll ist die Allgemeinheit, wenn es um tatsächlich Kranke geht und – noch schlimmer – um Behinderte?

Behinderte und Sex ist ein heißes Eisen. Bei Körperbehinderungen lässt man die Möglichkeit noch irgendwie zu, aber bei geistigen Behinderungen hätte man am liebsten lauter Leute ohne Unterleib in den Betreuungseinrichtungen, als würde man Kakteen verwahren und keine Menschen. Pfui, eklig, so was will man nicht haben. Bestimmt funktioniert das bei denen gar nicht, und bestimmt haben die eh kein Bedürfnis danach. Die Realität sieht allerdings anders aus, denn der Sexualtrieb ist häufig ganz un-behindert, und die durch unbefriedigte Sexualität hervorgerufene Aggressivität macht den Betroffenen wie den Betreuern zu schaffen. Hochachtung habe ich vor Sexualbegleiterinnen wie der Niederländerin Nina de Vries, die ich vor Jahren auf einer Tagung kennenlernte und die mich schwer beeindruckte, weil sie keinerlei Berührungsängste hat und ihren Beruf mit großer Sensibilität und psychologischem Sachverstand ausführt. Sie kümmert sich auch um die sexuellen Bedürfnisse von Mehrfachbehinderten – sei es, dass sie ihnen zeigt, wie Masturbieren eigentlich geht, oder dass sie die Wünsche nach Nähe und Intimität mit Massagen oder Berührungen – in Ausnahmefällen auch mit Sex – erfüllt.

Natürlich gibt es auch die andere Fraktion: Menschen, die auf Behinderungen stehen, wie zum Beispiel Amelotatisten. (Ein Wort, das ich nach drei White Russian auch nicht mehr lallen kann.) Diese Gruppe teilt sich wiederum in Fans, die Lust bei der Berührung von Amputationen empfinden, und die, die sich sexuell erregt fühlen durch nicht ausgebildete Gliedmaßen. Dass im Netz Spannerfilme von Behinderten-Sportveranstaltungen kursieren, ist natürlich widerlich, nicht wegen des Begehrens, sondern weil die Hauptakteure heimlich gefilmt werden. Von solchen Übergriffen mal abgesehen: Wenn ich nur ein Bein hätte, wäre mir ein Partner lieber, der sich scharf am Stumpf schubbert, als einer, der es zähneknirschend in Kauf nimmt. Ich möchte gern *wegen* etwas geliebt und gevögelt werden und nicht *trotz* etwas.

Lust ist vielfältig und auch jenseits der Adolf'schen Kraft-durch-Freude-Ästhetik zu finden. In *Ziemlich beste Freunde* gibt sich der vom Hals abwärts gelähmte Philippe den Wonnen der Ohrenmassage hin, und immer mal wieder berichten mir querschnittsgelähmte Leser, dass sie ihre Lust verlagern konnten und sich nun entweder auf das Begehren ihrer Partnerin konzentrieren oder sich ohrenwärts – oder wohin auch immer – orientieren. Die Masse weiß darüber noch wenig; es gibt zwar Fachliteratur zum Thema, aber auf RTL II findet es keinen Platz.

Erstaunlich an diesem Themenkomplex finde ich, dass es zwar einerseits als normal gilt, wenn sich jemand für *sexsüchtig* erklären lässt und in Therapie begibt, es aber andererseits immer noch anrüchig zu sein scheint, wenn jemand aus Unzufriedenheit oder Ratlosigkeit Hilfe oder Information sucht. Spiegel Online veröffentlichte kürzlich einen Artikel über Ann-Marlene Henning, eine Sexualberaterin in Hamburg, und mich störte gar nicht mal der nonchalante Ton des Artikels, sondern die geifernden Kommentare der Leser darunter.

Apropos: Woher kommt diese unglaubliche, hemmungslose Aggressivität bei manchen Internet-Kommentatoren? Unter jedem Rasenpflege-Blog finden sich hasserfüllte Einträge. Sind diese Leute im wahren Leben auch so krass drauf? Immer die Verbal-Axt dabei und die Pumpgun im Anschlag? Sollten sie vielleicht mal die Einstellung ihrer Medikamente überprüfen lassen? Wenn sich die Hassprediger dann gegenseitig hochpeitschen, kommt mir das vor wie eine lieblos gefilmte Bukkake-Session, und ich höre es brüllen: *»Aaargh, auch ich versame mich auf diesem Eintrag«* …

Jeder hat ein Recht auf Sex, der ihm entspricht und der niemand anderen stört. Die masturbierende Vierjährige genauso wie der hässliche Langweiler mit Strickpullunder aus dem dritten Stock, der sich gern mal auspeitschen lässt. Oder die Rentnerin, die bei Musik von Engelbert scharf wird. Auch körperlich Eingeschränkte haben dieses Recht. Auch Menschen mit Behinderungen.

Und, ja, selbst notgeile Golfer, die sich jedes Loch im Rasen als schambehaarten, feucht-schmatzigen Schlund vorstellen und am liebsten mit dem Dödel voran hineinstürzen würden. Aber wenn man so drauf ist, sollte man auch dazu stehen. Ganz im Sinne von: »Haben Sie noch Golf, oder sexen Sie schon?« Alles andere ist Fliewatüüt.

Der Himmel muss warten, die Jungfrau nicht. Oder: Vorsicht, bissige Möse

Oh Land of the Free, Home of the Brave! Überm Teich hat man Großartiges geschaffen. Double Chocolate-Crunch-Marshmallow-Muffins sind was Feines. Die Abschaffung des Ladenschlusses hierzulande würde ich begeistert begrüßen. New York ist sicher die beeindruckendste und verführerischste Stadt, die ich je gesehen habe. Und danke für all die hervorragenden TV-Serien!

Aber wenn es um Sex geht, haben Amis einen Knall.

Auf der einen Seite tobt sich dort die größte und perverseste Pornoindustrie der Welt aus. Eine Doppelanal-Penetration in Tierblut während einer Bukkake-Orgie und dabei Würgen mit Cheerleader-Kniestrümpfen zählt da eher noch zum harmloseren Material. Nirgendwo gibt es so viele aktive Darsteller und so viele wichsende Kunden, die immer kränkeres Zeug fordern.

Auf der anderen Seite geht ein Aufschrei durchs Land, es stehe die Apokalypse bevor, nur weil man öffentlich einen Nippel gesehen hat. Dabei tun Nippel nichts Böses. Der Nippel an sich ist eher passiv, er kann sich hart zusammenziehen, aber das war es auch schon. Nippel, liebe amerikanische Sittenwächter, sind nicht gefährlich und schaden niemandem. Waffen schon. Ich sehe Teenager in der Schulcafeteria lieber ihre Nippel Gassi führen als ihre Pumpguns.

Die gestrengen Puritaner, deren verkniffene Gesichtsausdrücke mich immer vermuten lassen, dass sie gerade Stacheldraht-Cockringe oder Säure-Tampons verwenden, um sich selbst zu knechten, erfinden solche Sachen wie Purity Balls. Das sind Veranstaltungen, auf denen Mädchen ihren Daddys Jungfräulichkeit bis zur Ehe schwören. Ihr Wert, so lernt es die junge, von Abwegen bedrohte Maid, besteht einzig und allein in der Unberührbarkeit ihrer Mumu. Sie ist kein Mensch mit Körper, Seele und Geist, sondern nur eine kleine Fotze, dem man das hungrige Mäulchen zuhalten muss. Wenn ich dieses Frauenbild betrachte, frage ich mich, ob ich einen Konservativen malen sehe oder einen Taliban. Bei beiden gilt: Das Weib ist schlecht, und ihre Möse ist der Moloch der Moral.

Die Abstinenzbewegung True Love Waits hat 1998 diese Keuschheitsbälle ins Leben gerufen, um Teenagermädchen von elf bis zwanzig klarzumachen, wo ihr Platz im Leben ist: an Daddys Seite. Und zwar so lange, bis der von Daddy genehmigte Ehemann gefunden ist und Daddys Platz im Herzen ablöst.

Wenn ich Videos dieser Bälle betrachte, kann ich kaum glauben, wie inzestuös das Ganze inszeniert wird und dass sich daran niemand stört. Wo sind laut schreiende Feministinnen, wenn man sie braucht? Bin ich die Einzige, die dabei an die Anti-Missbrauchs-Kampagne »Papi war ihr erster Mann« denken muss? Die Töchterchen werden herausgeputzt als kleine Bräute, in weißen Kleidchen und mit Diadem im Haar. Sie übergeben Daddy symbolisch den Schlüssel zu ihrem Herzen (oder zu ihrem Keuschheitgürtel?), der am Hochzeitstag an ihren Ehemann weitergereicht wird. Die Väter unterschreiben eine sogenannte Reinheits-Verpflichtung und geloben, über die Keuschheit der Töchter zu wachen. Dann legen sie gemeinsam weiße Rosen vor einem Kreuz nieder, und die Mädchen tragen fortan den Purity-Ring. Hochzeitlicher geht es kaum. Schon mehr als 2,4 Millionen Mädchen haben ihrer Muschi so einen Maulkorb verpasst, und tatsächlich warten diese vereidigten Jugendlichen etwa anderthalb Jahre länger bis zum ersten Sex als ihre unkeuschen Freundinnen. Aber: Wenn sie dann loslegen, bekommen sie wesentlich häufiger Geschlechtskrankheiten oder werden sofort schwanger. Und nur zwölf Prozent von ihnen wartet bis zur Ehe. Papa don't preach! Für alle bereits Entjungferten hat man sich auch etwas Schönes überlegt, nämlich die Secondary

Virginity, also die Verpflichtung, wenigstens ab jetzt auf vorehelichen Sex zu verzichten.

Dieser Hype um die Jungfräulichkeit belegt unter anderem erzieherische Faulheit und Feigheit. Wo Sex nicht stattfindet, muss niemand informiert oder erzogen werden. Klar, dass das wieder nur Mädchen betrifft und die Jungs eher einen wegstecken dürfen, es sei denn, sie geißeln sich mit den Anti-Onanier-Tipps, die man auf ultrachristlichen Websites geboten bekommt und die da lauten: kalt duschen, an Gott denken, spazieren gehen und – mein Lieblingstipp – jagen! (Ich bin sicher, es gefällt dem lieben Gott in God's own Country, wenn man zum höheren spirituellen Zweck Tiere tötet, als sich einen von der Palme zu wedeln.)

Dass bei religiösen Fanatikern die weibliche Unberührtheit eine wichtige Rolle spielt, sehe ich ja noch ein, denn über Sexualität lassen sich hervorragend Macht und Kontrolle ausüben. Doch bei der allgemein manischen Beschäftigung mit diesem lästigen Häutchen, das ein gutes reines Mädchen von einer sündigen Schlampe unterscheidet, frage ich mich: Welche Rolle spielt die Jungfernschaft in einer aufgeklärten, sachlichen, unreligiösen Gesellschaft?

Meine Gynäkologin erklärte mir, dass sie noch nie von einem Mädchen nach einer schmerzfreien Defloration gefragt wurde, obwohl sie das durchaus in einer ambulanten Mini-OP machen würde. Ich denke an all die Freundinnen, die ihrem Jungfernhäutchen mit Gurken und Vibratoren zu Leibe gerückt sind, um die erste Nacht entspannt zu erleben, und ärgere mich bis heute, dass ich das einem unsensiblen, egomanischen Trottel überließ, statt es dem Fingerspitzengefühl einer Fachfrau anzuvertrauen, die das mit einem kurzen Zipp erledigt hätte. Man muss das erste Mal nicht mit Schmerzen verbinden, also wieso tut man sich das an? Ist das wieder mangelnde Aufklärung?

Sigmund Freud dachte über die Defloration durch den ersten Freund übrigens ähnlich wie ich. Sie habe »nicht nur die eine kulturelle Folge, das Weib dauernd an den Mann zu fesseln; sie entfesselt auch eine archaische Reaktion von Feindseligkeit gegen den Mann, welche pathologische Formen annehmen kann, die sich häufig genug durch Hemmungserscheinungen im Liebesleben der Ehe äußern, und der man es zuschreiben darf, daß zweite Ehen so oft besser geraten als die ersten.«

Die Beseitigung der Jungfernschaft ist nicht überall derartig eng mit der Idee von dem einen wahren Partner verknüpft. Bei den Portland-Stämmen in Australien wird das Hymen vor der Hochzeitsnacht von einer alten Frau entfernt. Auf Sumatra besorgt der Vater der Braut die Entjungferung (oh, ihr Purity-Dads, davon träumt ihr), auf den Philippinen gibt es Männer, die beruflich deflorieren (kleine Anregung für Ein-Euro-Jobber, wie ich finde), und bei einigen Eskimostämmen wird dieser Job von einem Priester erledigt.

Im europäischen Mittelalter war man sexuell anders schräg drauf. Zwar gab es das Entjungferungsrecht des Landesherrn à la *Braveheart* nicht wirklich, aber immerhin wurde in der zweiten Hälfte des 15. Jahrhunderts das »Schenkelrecht« verbrieft. Hier stellte der Lehensherr während des Hochzeitsfestes sein unbekleidetes Bein in das Bett, in dem die Braut lag, manchmal schritt der Herr auch über das Bett. Was für ein Job. Wenn es dabei geblieben wäre, müsste das heute Frau Merkel machen.

Auch in mittelalterlichen Zeiten war man übrigens nicht tugendhafter als heute, obgleich nur dreißig Prozent der Bevölkerung die Chance auf eine Eheschließung hatten – alle anderen waren zu arm oder unfrei oder sonst irgendwie untauglich. Hätten sich die restlichen siebzig Prozent an das Keuschheitsgebot gehalten, wäre halb Europa heute unbesiedelt. Ein Badesegen aus dieser Zeit lautet: »Für unfruchtbare Frauen ist das Bad das Beste. Was das Bad nicht tut, das tun die Gäste.« Gefummelt wurde immer und überall zu allen Zeiten. Ritter bekamen oft selbstverständlich eine Schlafgenossin angeboten, manchmal auch die jungfräuliche Tochter des Gastgebers. Heute gibt's höchstens ein Minitütchen Gummibären auf dem Hotelkopfkissen. Es ist eben nicht alles Fortschritt, was modern ist. Wenn ich allein und unbefriedigt im Hotel liege, wünschte ich mir an der Rezeption zwei Automaten: einen für scharfe junge asiatische Männer mit Fußmassage-Kenntnissen und einen für dicke flauschige Katzen.

Wann immer man über Jungfräulichkeit spricht, geht es natürlich um die von Mädchen. Bei Jungen hat man nicht mal ein Wort dafür. Entbubung hab ich schon gehört, aber der Zustand davor ist namenlos, nicht existent. Diese weibliche Unbeflecktheit konnte frau sich bis 1998 (!) sogar bezahlen lassen. Das »Kranzgeld« war fällig, wenn ein Verlobter vorgebohrt hatte und dann von seinem Eheversprechen zurücktrat. Die Begründung war, dass die Frau durch den Verlust ihrer Unschuld geringere Chancen auf dem Heiratsmarkt habe. Allerdings galt diese Regelung nur für tugendhafte Frauen. Saß sie vorher mal im Knast, führte sich irgendwie ungebührlich auf oder war Witwe, galt es nicht.

Um auf die religiösen Fanatiker zurückzukommen, denn die sind ja die Geschlechtskrankheit unserer Zeit: Meine Gynäkologin berichtete mir, dass sich in ihrer Praxis (Kreuzberg, Westeuropa, 21. Jahrhundert) mitunter wahre Dramen abspielen. Zu ihr kommen Frauen, die ihr Hymen rekonstruiert haben wollen, weil sie ungefickt in die Ehe gehen müssen. Und es kommen auch Frauen, die zwar ungefickt in die Ehe gingen, aber nicht, oder nicht genug, geblutet haben in der Hochzeitsnacht, und die jetzt eine gynäkologische Bescheinigung haben wollen, dass sie vorher tatsächlich Jungfrau gewesen waren. Es kommen Frauen mit Analfissuren, deren Freunde vor der Ehe ihre unberührte Möse gemieden haben und sie lieber mit Schmackes in den Popo poppten.

Die muslimische Forderung nach Jungfräulichkeit führt in ihrer perversesten Form zur Klitoris-Beschneidung beziehungsweise dem Zunähen von Mädchen und Frauen. Und auch das passiert heute in Deutschland. Heimlich zwar, aber außer Terre des Femmes regt sich niemand richtig darüber auf. Es sind halt Migrantinnen, und kulturelle Bräuche sind prinzipiell was Schönes, gell?

Da hat wie bei einer Vergewaltigung die sexuelle Handlung nichts mit Sex zu tun, sondern mit Macht und Kontrolle, wobei wir wieder bei »Papa war ihr erster Mann« wären. Dass unsere Gesellschaft eben nicht emanzipiert und gleichberechtigt ist, zeigt sich immer dann, wenn einer der unappetitlichen Vergewaltigungsfälle in die Medien kommt und sofort die uralten Ekelhaftigkeiten ausgepackt werden, angefangen bei »Die wollte es doch nicht anders« bis »Die will sich nur rächen«.

Auf dem Weblog #ichhabnichtangezeigt erzählen Vergewaltigungsopfer, warum sie nicht zur Polizei gegangen sind und der Täter nach wie vor frei herumläuft (wie beruhigend für uns andere Frauen). In den Fällen, wo ein Irrer sein Opfer überfällt und hinter einen Busch zerrt, muss man wahrscheinlich von unglücklichem Schicksal reden, das man nicht hätte verhindern können.

Mehr schockiert als diese offensichtlichen Überfälle haben mich aber die vielen Berichte, in denen Frauen erzählen, dass sie psychisch unter Druck gesetzt wurden, um etwas zu tun, was sie nicht wollten. Dass sie dachten, sie seien spießig, wenn sie es nicht zulassen. Dass sie hofften, sie würden geliebt, wenn sie es tun. Dass sie dachten, der Täter hätte ein Recht darauf gehabt. Dass sie glaubten, nicht unterbrechen zu können. Dass sie erpresst wurden mit angedrohtem Rufmord oder damit, dass man sie lächerlich machen würde. Menschen, die stark sind und die wissen, dass sie etwas wert und liebenswert sind, lassen sich nicht so benutzen. Und, liebe amerikanische Purity-Dads: Töchter, denen man vermittelt, dass sie nur geliebt werden, wenn sie ihre Muschi von euch kontrollieren lassen, egal, was ihr eigener Körper, ihre Bedürfnisse und Wünsche sagen, werden nicht selbstbewusst und mutig. Die sagen nicht No, sondern Yes, Daddy. Und später Yes, Husband.

Möglich, dass solche guten Mädchen in den Himmel kommen.

Vielleicht früher, als ihnen lieb ist.

Und weil das kein Abschluss ist, den ich mir für meine Kolumne wünsche, schließe ich lieber mit einer Information über das Kondom des Grauens: Rape-aXe heißt es, und dieses Femidom zeigt Zähne wie die Vagina Dentata, vor der sich frauenhassende Psychopathen fürchten. Es wird inwendig getragen, und sollte sich ein Vergewaltiger unerlaubten Zutritt verschaffen, bohren sich Widerhaken in seinen Penis. Das Ganze soll äußerst schmerzhaft sein und zeigt, dass manche Urängste von misogynen Typen auch mal zu nützlichen Erfindungen gut sind. Schnapp.

90-60-90, 08/15 und 4711

Bei mir zu Hause gibt es selten einen aktuellen Sexshop-Katalog und auch selten die aktuelle TV-Zeitung, was nicht daran liegt, dass ich keine kleinen geilen Maschinchen bei Erotik-Versandhäusern bestellen oder nicht gern fernsehen würde. Es liegt daran, dass ich diese Zeitschriften aus Versehen wegwerfe, weil ich denke, es sei die vom Vormonat. Und das wiederum liegt daran, dass die Frauen auf den Covern immer alle gleich aussehen: Auf der TV-Zeitung haben sie von der Windmaschine nach hinten gewehte blonde Haare, Puppenaugen und einen Mund, der *huh* haucht. Den Sexshop-Katalog schmückt meist eine dunkelhaarige halbnackte Bitch mit Kleopatra-Make-up, die irgendwas schwingt, eine Peitsche, einen Dildo, ein Paket Penispasta – egal. Besonders gefragt ist das, was nicht raussticht. Notfalls hilft man mit Photoshop nach oder zwängt die Erotikmodels in die typischen Kampfanzüge aus Spitze und Latex und in die ewige Pose der Nudeldompteuse.

Bei Untersuchungen zum Schönheitsempfinden, bei denen Männern aus aller Welt Fotos von Frauengesichtern vorgelegt wurden, gewann mit weitem Abstand das Bild, das überhaupt keine reale Frau zeigte, sondern eine gemorphte Abbildung, zusammengemischt aus allen anderen Fotos. Der absolute, ultimative Durchschnitt.

Ich hingegen bin immer froh, wenn ich mal irgendwo Frauen entdecke, die anders aussehen – wie zum Beispiel in dieser Bodymilch-Reklame, die seit einigen Jahren mit schönen üppigeren und älteren Frauen die Konsumenten erschreckt. (Ogottogott, die hat ja Hüften! Iiihh, die ist ja über zwanzig!) Da weht uns die Beauty-Revolution mit einem Hauch von 4711 an, dem Duft der betagten Dame, die allen Falten zum Trotz sogar Sex hat. Denn auch wenn man sich das nicht gern vorstellen mag: Alte Menschen tun es. Bis die morschen Knochen knacken und die Runzelhaut schlabbert. Ich hoffe jedenfalls sehr, dass ich mit achtzig einen Lover habe, der sich noch zum Lecken bücken kann.

Dr. Rainer Erlinger, der Moralapostel der Süddeutschen Zeitung, wurde neulich gefragt, ob man sich als Frau mit amputierter Brust in der Sauna frei machen und den anderen den eigenen versehrten Körper zumuten dürfe. Ich weiß nicht mehr, was der Fachmann dazu gesagt hat (ich bin sowieso selten seiner Meinung), aber ich fand bereits die Frage furchtbar. Liebe Frauen: Ja! Bitte zieht euch aus! Schlimm genug, was ihr durchgemacht habt, schlimm genug, wenn ihr euch im Bett nicht mehr wohlfühlt und meint, ihr müsstet ein T-Shirt beim Vögeln tragen, aber wenigstens in der Sauna oder in der Dusche unter anderen Frauen dürft ihr frei sein.

Ich sehe mir übrigens gern nackte Frauen nach dem Sport an. Nicht, um mich aufzugeilen – obwohl es in unserem Fitnessstudio Frauen gibt, deren Brüste man in einem Schrein ausstellen und anbeten müsste. (Ist das gerecht, Mädels? Habt ihr bei Meister Yoda einen Anti-Schwerkraft-Kurs belegt? Wieso ist die Macht mit euren Nippeln?) Ich spanne gern, weil ich nackte Körper interessant finde, und zwar gerade dann, wenn sie von den Illustrierten-Maßen abweichen. Wo wellt es sich, und wo sieht man Knochen, wo ist die eine Frau dick und wo die andere? Die eine hat die Figur eines Korkens, die daneben die einer Sanduhr, und ganz am Rand duscht ein großer Flummi. Gemeinsam ist ihnen wahrscheinlich nur, dass sie sich alle selbst nicht schön finden. Und dabei reden wir nur über Schenkel und Brüste. Ein Gespräch über die Schönheit der eigenen Möse ist selbst im Freundinnenkreis schlicht unmöglich.

Ich war echt überrascht, als ich als Teenager einen Bildband mit Mösen in Großaufnahmen durchblätterte und feststellte, dass jede Frau untenrum völlig anders aussieht. Gnade uns Gott, dass da nicht mal eine Modell-Mösen-Diskussion über uns hereinbricht, denn Frauen sind ja immer schnell bereit, sich als unvollkommen, unschön und behandlungsbedürftig einzuschätzen und wissen die Herrlichkeit ihrer Vagina oft nicht ausreichend zu würdigen. Kaum ein Phänomen ist so ekelerregend und frauenverachtend wie die Gynoplastik, bei der Frauen ihre Vagina chirurgisch verengen oder straffen lassen. Designermösen – welcher misogyne Idiot hat sich das ausgedacht? Ich hoffe, das Schicksal hat ihn gestraft mit einem tampongroßen, krummen, warzenbesetzten und von borstigen Haaren gekrönten Schniepel, gern impotent oder wenigstens dauerhaft unbeschäftigt.

Ich freue mich nicht nur, wenn ich Frauen begegne, die anders aussehen, ich freue mich auch, wenn sich welche mal anders verhalten als in der spießig-klinischen Yogurette-Werbung. Die *Millenium*-Trilogie von Stieg Larson wurde vor allem deshalb so ein Erfolg, weil die geniale, autistische, kratzbürstige, aggressive Punkerin Lisbeth Salander eine Figur ist, die man bis dahin noch nicht oft erlebt hatte. Wie ein missgelaunter Latex-Lurch der Lüste schlängelt sie sich durch die Handlung, stellt die Stacheln auf oder verspritzt ihr Gift: hochintelligent, bisexuell und dabei schwierig. Oder die großartig grantige Autorin Sibylle Berg, die zwar Pornografie ablehnt, weswegen wir nie dicke Freundinnen werden, die aber so herrlich pampig werden kann, dass ich ihr immer ein glotzäugiges, puschelohriges Kätzchen reichen möchte, um etwas Lieblichkeit in ihr Leben zu bringen – auch auf die Gefahr hin, dass sie es mit einem lauten Rülpser verschlingt.

Das ist nicht unbedingt nett, aber interessant und weit ab vom TV-Zeitungs-*huh*. Auch der Erotikbranche täte es gut, wenn mal andere Frauentypen gezeigt würden.

Die SuicideGirls zum Beispiel sind scharf: gepiercte, tätowierte, punkige Mädels zwischen Girlie und Cosplay. Auch Steampunk mit den viktorianischen Korsetts und den tiefen Dekolletés finde ich extrem inspirierend. Und natürlich die Damen des Burlesque, die nicht nur Verkleidungen variieren, sondern auch Körpertypen. Speckröllchen, Augenfältchen oder Mini-Tittchen zum Trotz verbreiten diese Damen Sinnlichkeit und gute Laune jenseits des 08/15-Bildes, wie eine sexy Frau auszusehen hat.

Die Stereotype machen beim Aussehen nicht halt, auch die angeblich erotischen Bewegungen sind genormt wie die Krümmung der EU-Banane. Ich frage mich schon lange, warum Pornos immer wieder dasselbe, längst bekannte Körperballett zeigen? Jeder Handgriff, jede Körperdrehung sitzt: blasen, Muschi ficken, Popo ficken, ins Gesicht spritzen. Streng nach vorauseilendem Gehorsam der grenzdebile Gesichtsausdruck, das Vorstülpen der Lippen, die zusammengekniffenen Augen, pünktlich wie zum Gongschlag wird das Haar zurückgeworfen, und wo bleiben die Klatscher auf den Hintern? Hier! Sind! Sie! Schon!

Da lob ich mir Amateurfilme, in denen Menschen mal Dinge tun, bei denen man sich fragt: Was machen die da? Und warum tun die das?

Beim Dogplay zum Beispiel verkleiden sich erwachsene Menschen als Husky oder Dobermann und werden von einer gestrengen Herrin auf dem Freigelände hinter dem Stöckchen hergescheucht oder zum Wassernapf geführt. Das verstehe ich zwar nicht, aber das muss ich auch nicht. Erotik ist eine Kunstform, da erschließt sich eben nicht allen alles.

Abweichungen sind beim Sex keine Randerscheinung, sondern die Regel. Gesunden, *normalen* Sex gibt es nicht. Es ist auch kein Sex besser oder natürlicher oder moralischer als der andere. Und die, die Homosexualität krank finden und SM und Fetisch und all das andere, wollen nur, dass niemand Spaß hat, weil man frustrierte, unbefriedigte, unsichere und unglückliche Menschen besser knechten kann. Das Schlimmste für einen Puritaner ist ja bekanntlich die Vorstellung, dass irgendwo auf der Welt irgendein Mensch Freude am Leben haben könnte.

Ich finde es absurd, dass immer über Abweichungen vom *Normalen* gesprochen wird statt über Variationen. So als gäbe es irgendwo einen komplett gesunden, ursprünglich natürlichen Menschen. Und alle, die diesem Bild nicht entsprechen (können oder wollen), müssen ihren Lebensstil ändern, sich mal zusammenreißen oder wenigstens die Klappe halten. Ein faschistisches Weltbild. Und auch der Hinweis auf eine statistische Normalität ist Quatsch. Statistische Mittelwerte sagen überhaupt nichts aus, bei Statistiken kommt solcher Unsinn heraus wie der Wert von 1,3 Kindern pro Paar. Paare haben nicht 1,3 Kinder. Manche Paare haben welche und manche gar keine, und das ist etwas ganz anderes.

Mir ist egal, wie ungewöhnlich die Variation ist. Solange es weder mich noch sonst jemanden stört, hab ich kein Problem und bin auch nicht behandlungsbedürftig. Wenn ich täglich fünfmal in einer Riesenschüssel Wackelpudding sitzend masturbieren würde, wäre das statistisch gesehen sicher ungewöhnlich. Solange es aber weder das Leben, das ich führen möchte, noch andere Leute behindert, ist meine Sehnsucht nach Glibber-Sitzungen nur eine Variation und kein Problem.

Weil jeder Mensch und demzufolge auch jede Frau unterschiedlich tickt und fickt, ist die Frage »Was wollen Frauen eigentlich?« dämlich, denn man müsste jede einzelne interviewen. Wobei es schon ein Riesenschritt wäre, einfach mal die eigene zu fragen. Männer, ihr würdet euch wundern, was dabei herauskommt!

Frausein ist keine zoologische Gattung und übrigens auch keine moralische Instanz – bloß weil wir eine Muschi haben, sind wir nicht automatisch charakterlich flauschig wie der Perwoll-Plüschbär. Jede ist anders, und auch beim Sex gibt es nicht die eine richtige Sache, gegen die alles andere als krankes Randgruppengedöns dasteht.

Der Garten der Lüste ist groß und bietet nicht nur 35 000 Orchideenarten, sondern auch jedem Tierchen einen Platz an der Sonne. Oder einen Ast zum Dranhängen. Oder ein Erdloch zum Verkriechen. Und natürlich auch Tümpel voller Matsch – und der ist fast so gut wie Wackelpudding.

Schattierungen von Grau: steingrau, mausgrau, asphaltgrau?

Ich bin ein Gänseblümchen. Ich mag es, wenn man nett und höflich zu mir ist, vor allem auch im Schlafzimmer. Ich werde nicht gern herumkommandiert oder sogar erniedrigt. Und Züchtigungen gehen schon mal gar nicht. S/M, so könnte man also zusammenfassen, gehört eindeutig nicht zu meinen Spielarten, selbst wenn das alles abgesprochen ist und sich dahinter eine vertrauensvolle, gleichberechtigte Beziehung voller Rücksichtnahme verbirgt. Sklavin sein finde ich nicht mal im Spaß lustig, und andersherum muss auch niemand den Schmodder von meinen Stiefeln lecken.

Wer ficken will, zumindest wenn er es mit mir will, muss freundlich sein.

Und konzentriert! Neulich habe ich im Gespräch mit einem nicht unattraktiven, aber zappelnden und für mich deshalb völlig unfickbaren Mann festgestellt: Es gibt nichts, das ich so grausam abturnend finde wie jemanden, der unfokussiert ist, ständig mit dem Blick abschweift, mir ins Wort fällt oder Sätze antwortet, die nicht zum Gespräch passen, sodass unsere surrealen Dialoge nach *Warten auf Godot – die Rückkehr* klingen. Wenn ein Mann wie ein großes unter ADHS leidendes Gary-Larson-Kind vor mir herumhibbelt und in seinem Kopf offenbar ein Flipperautomat Gedanken von einem schrillen *Ping* zum nächsten *Döng-döng-döng* schießt und dabei Lampen flackern, dann ist da nichts mehr zu machen, meine Muschi verschließt sich mit einem Survival-Anorak-Reißverschluss, und ich möchte nur noch weg. Also Tipp an die Jungs unter euch, die beim Baggern nie weiter als bis zum ersten Drink kommen: Blickkontakt halten, ausreden lassen, mit Sätzen antworten, die sich aufs Thema beziehen, Arme und Beine kontrollieren und nicht herumzucken wie ein Tintenfisch am Starkstromkabel. Das ist schon die halbe Miete.

Wie komme ich darauf? Ach ja, wegen der Freundlichkeit. Gut, ich bin auch nicht immer nett. Wenn ich an Umzügen vorbeikomme, denke ich oft: »Ist das Sperrmüll? Die wollen den Plunder doch wohl nicht in eine neue Wohnung räumen?« Zumindest im Bett bin ich liebreizend. Soweit es mein Egoismus zulässt. Befriedigt bin ich ganz bestimmt extrem nett, da schnurre ich und bin flauschig. Zur Unterwerfung tauge ich aber auch in solchen harmonischen Momenten eher nicht. Und Baumärkte machen mich höchstens aggressiv.

Dass ich mal in einer Erotik-Kolumne über Baumärkte schreiben würde, hätte ich auch nicht gedacht, aber nun ist dieser Skandal-Bestseller erschienen, in dem der Held sein Folter-Equipment im Baumarkt kauft. Und genau dort gibt die Autorin sogar Autogrammstunden. Frivolität zwischen Montageschaum und Fugenkitt? Allein das würde mich schon von der Sache abhalten, ich hasse wirklich kaum ein Geschäft so sehr wie Baumärkte. It's a men's world, mir fehlt da die Vorstellungskraft. Für mich ist ein Stapel Bretter nur ein Stapel Bretter und kein supertolles Regal, das wunderschön in die Nische neben dem Fenster passt. Und Plastikseile sind für mich nur Plastikseile und keine Accessoires ungezügelter Zügel-Leidenschaft. Ich muss mich auch immer wieder von den Angestellten demütigen lassen, wenn ich mein Handwerkervorhaben erkläre: »Warum sollten Sie so einen Unsinn machen?«, hat mich einer mal gefragt. »Wer hat Ihnen denn zu diesem Scheiß geraten?«, kam auch schon. Und die Lieblingsreaktion: »Das klappt nicht. Vergessen Sie das.«

Da fühle ich mich wie der Auserwählte in Shalom Auslanders saukomischem Buch *Vorsicht, bissiger Gott*, der von Gott in den Baumarkt geschickt wird, damit er Material für einen Opferaltar oder eine Arche kauft. Erst mault ihn der Baumarktmensch an, wieso er ausgerechnet dieses Holz für eine Arche verwenden will, und dann mault ihn Gott an, weil er ein anderes Holz besorgt hat, als bestellt war. Vielleicht sind Baumärkte doch irgendwie erotisch, nämlich in sadomasochistischer Hinsicht, und das Gedemütigtwerden ist eine Art Vorspiel für Bastel-Masos. Reinkommen, sich anpflaumen lassen und dann mit den gekauften Seilen an der Decke aufknüpfen.

Bei mir funktioniert das jedenfalls nicht. Zwischen Abflusspümpeln und Schraubzwingen komme ich nicht in Stimmung. Ich bin definitiv keine Kandidatin für die Sklavinnen-Erziehung à la »Es gibt immer was zu tun, mach es zu deinem Projekt, yappa-yah-yah-yippie-yippie-yeah«.

Bevor jetzt alle Fans von SM-Erotik sich mit Forken, Fackeln und Dreschflegeln vor meinem Fenster zusammenrotten, stelle ich aber klar: Ich habe überhaupt nichts gegen SM. Oder Bondage. Oder Lack-Leder-Klinik-Rollen-Flagellier-Bestrafungsspiele.

Ich schreibe solche Szenen in meinen Romanen zum Beispiel ausgesprochen gern, weil derartige Inszenierungen mehr Phantasie vertragen als romantischer Knistersex vor dem Kamin. Ich glaube gern, dass zwischen Herr und Sklavin (oder Mistress und Slave) eine innige, intensive und vertrauensvolle Beziehung besteht, dass es bereichernd sein kann, seine eigenen Grenzen auszutesten und mit Rollenmustern zu spielen. Ich bewundere die kunstvollen Knoten auf den Fotos von Nobuyoshi Araki, war von *Tokyo Dekadenz* fasziniert und finde, dass es jeder so treiben soll, wie es ihn feucht beziehungsweise hart macht. Hauptsache, der, der peitscht, und der, der den Popo versohlt bekommt, wollen beide dasselbe.

Es geht mir also nicht um den Sex, der genauso gut oder scharf ist wie jede andere Spielart auch.

Ich hasse es aber, wenn eine Spielart herausgegriffen und dann als Sextrend ausgerufen wird. Sexuelle Vorliebe als Modeströmung? Am besten alle halbe Jahre wechselnd? Und alle müssen mitmachen??

Eine Weile war das Analsex. Jede Hausfrauenzeitschrift behandelte je nach Vokabular den Lieferanteneingang, den braunen Salon, den engeren Altar, die Hinterlust oder die Po-Liebe. Wer es nicht wollte, war verklemmt, spießig oder in seiner Lust noch nicht angekommen. Es ist kaum zu fassen, wie oft ich in Interviews nach Analsex gefragt werde. Eine Zeitschrift hat mich mal gezwungen, bei einem Toytest, der sich mit Spielzeug für Paare befasste, einen Analplug vorzustellen. Weil – wie der Chefredakteur meinte – Frauen ganz wild darauf seien. Da das Thema der Reportage Paar-Spiele war, habe ich in meinem Artikel vorgeschlagen, dass der Mann die Frau fickt (Bioschwanz in Biomuschi), während der Plug seine Prostata verwöhnt. Daraufhin wurde das Toy lieber herausgestrichen, denn Männer mit Poposchnuller – das ging natürlich gar nicht.

Und bei diesem angeblichen neuen SM-Trend ist es in den Illustrierten oft dasselbe: Hauptsache, die Frauen werden gefesselt oder gepeitscht. Wenn man mich als Autorin zu einem SM-Thema anfragt, läuft das immer in die Richtung »Warum emanzipierte Frauen es genießen, dominiert zu werden«. Dass SM auch umgekehrt praktiziert wird, ist nicht vorgesehen. In Männermagazinen nicht. Und in Frauenzeitschriften auch nicht. Das ist verlogen und kein bisschen libertär.

Bei Analsex wird zuweilen so getan, als gäbe es Anfängersex (Vordertür) und solchen für wahre Connaisseurs (Personaltrakt). Dabei finde ich das oft zitierte »alles kann« genauso wichtig wie das »nichts muss«. Ich habe eine Freundin, deren sexuelle Vorlieben ich als gewagt einstufen würde (Sex mit Partner und fremden Männern auf Autobahnraststätten, gepiercte Klitoris, anpieseln), die aber keine Zungenküsse mag. Sie leckt ihrem Freund den After, möchte aber nicht seine Zunge in ihrem Mund haben. Da kann man nicht hingehen und brüllen: »Spießig! Küssen macht doch wohl jeder!« Sie macht das nicht, und ich finde das genauso in Ordnung wie die Dinge, die sie tut.

Zeitschriften aber behaupten irgendetwas, und das sollen dann alle nachturnen. Ich persönlich werde, und das schwöre ich hiermit, niemals einen Sexratgeber schreiben. Sollte ich es doch tun, möge mich die Herrgöttin mit lebenslanger Frigidität und Scheidenpilz bestrafen. Ideen oder Anregungen finde ich okay; nicht okay finde ich, wenn jemand behauptet, er wisse ganz genau, wie mein Sexleben besser wird. Wie kann er das wissen? Kennt er sich in meinem Schlüpfer aus? War der da schon mal? Ich glaube auch, dass technische Anleitungen wie »jetzt den Bauch einziehen, stoßweise atmen, das Knie über die Schulter und unter der Achselhöhle weg zur Brust greifen« niemandes Partnerschaftsprobleme lösen. In meiner Zeit als Ratgebertante bei einem großen deutschen Männermagazin gab ich auf sämtliche Fragen eigentlich nur zwei Antworten: Juckt es, geh zum Arzt. Bei allem anderen: Sprich mit deiner Partnerin.

Ich werde immer sehr hellhörig, wenn mir jemand erklären möchte, wie ich mich fühle und was ich denke. Und geradezu zickig werde ich, wenn mir jemand versucht zu sagen, wie ich mich fühlen oder was ich denken *sollte*. Da spielt in meinem Kopf direkt die Bockigkeitshymne »Ich muss gar nichts« von der Band Großstadtgeflüster.

Fakt ist: Niemand außer mir weiß, was ich brauche. Und es nervt mich, wenn gerade einige Redakteure überzeugt davon sind, dass Frauen eigentlich doch alle geknechtet werden wollen, nur weil eine vampirbegeisterte Hausfrau das so aufgeschrieben hat. Denn *Shades of Grey* war ursprünglich Fan-Fiction, und die Hauptpersonen hießen Bella und Edward, kein Witz. (Apropos: Ich finde es gruselig, dass eine Erwachsene ihre pornösen Phantasien ausgerechnet in ein Teenie-Buch packt. Die kreativ schreibende Schwulengemeinde produziert ähnliche erotische Ergüsse über Harry Potter und Professor Snape. Was kommt da als Nächstes? Jim Knopf und das Fisting-Festival?)

Ich sage nicht, dass man das Thema nicht aufgreifen sollte: Je mehr über verschiedenste Spielarten berichtet wird, umso besser, denn es gibt ja mehr als Busenfummeln, reinraus und Schwänze lutschen. Aber BDSM als modischen Trend zu verkaufen, an dem man teilhaben muss, wenn man nicht als prüde gelten will, nervt und stresst. Das ist wie mit diesem Bubble-Tea, das Zeug kann man noch so sehr hypen, es bleibt eine eklige Zuckerbrühe, und sie zu trinken fühlt sich an, als würde man verwesende Insektenleichen aus einem abgestandenen Pool saugen.

Natürlich gibt es bei BDSM-Sex einiges, das ich spannend finde – und dafür muss man mich nicht kreuzweise verschnürt und geknebelt von der Decke hängen lassen.

Zum Beispiel die Sache mit dem Vertrag. Sub und Dom vereinbaren nicht nur ein Codewort, damit sofort die Daumenschrauben gelockert werden können, wenn einer »Gürteltier« schreit. Es werden regelrechte

Verträge geschlossen, in denen genau festgehalten wird, wie der Gummisklave den Nachttopf zu lecken hat und was die Herrin dafür an Gunst springen lässt. Das wiederum bedeutet, dass man sich detailliert mit seinen Wünschen und Grenzen auseinandersetzt und diese vor dem Partner auch äußert. Es gibt im Schlafzimmer kaum etwas Hilfreicheres als das berühmte »Reden Sie darüber!« Dabei muss es nicht um Klistiere und Ledermasken gehen. Einen Sexvertrag miteinander abzuschließen, ist nicht nur scharf, sondern sorgt auch dafür, dass beide auf ihre Kosten kommen.

Bei den SM-Inszenierungen spricht mich auch die Erlaubnis an, passiv sein zu dürfen. Ich gehorche ja eher unwillig, aber verwöhnen lasse ich mich gern. Die Vorstellung, dass es mal nur um mich und meine Lust geht, finde ich schon kribbelig. Welche Frau sehnt sich nicht nach der totalen Aufmerksamkeit? Und einen Partner, der sich gefühlte Ewigkeiten mit Zonen beschäftigt, die man vielleicht noch gar nicht als erogen auf dem Plan hatte, stößt man auch nicht von der Bettkante. Schmerz ist keine Sache, die mich interessiert, ich möchte nicht mit heißem Kerzenwachs auf den Fußsohlen gemartert werden. Aber jemand, der mir ausgiebig die Zehen lutscht – da würde ich nicht Nein sagen.

Was mich an Rollenspielen oder Mistress-Slave-Beziehungen ebenfalls begeistert, ist die Phantasie, die beide Partner entwickeln müssen. Es ist ja mit ein paar Handschellen nicht getan. Eine wirkliche Illusion zu erzeugen und miteinander zu spielen, ohne dass einer ständig kichert oder ausbricht, ist schon eine Leistung. Die Situation zu inszenieren, Spielorte zu finden und herzurichten, sich dementsprechend zu kleiden – das zeigt Engagement. Und dass man sich solche Mühe gibt, beweist dem Partner auch, wie wichtig er und seine Wünsche sind. Das wiederum stärkt das Vertrauen, das unbedingt notwendig ist, wenn man sich jemandem ausliefert. *Ausliefern* meint nicht, alles mit sich machen zu lassen, sondern sich ganz hinzugeben. Vertrauen und Begeisterung sind zwei Qualitäten, die auch dem keuschesten Liebesleben in der Biberbettwäsche guttun. Und die Bereitschaft, sich mit dem Thema Erotik nicht nur praktisch zu beschäftigen, sondern auch theoretisch, ist immer sinnvoll. Bei Bondage muss man lernen, die richtigen Schlaufen zu binden und Knoten zu knüpfen, und riskantere Praktiken wie Flagellieren oder Atemkontrolle erfordern schon einiges Fachwissen. »Dumm fickt gut« stimmt nicht. Im Gegenteil. Je mehr man über Sex weiß, desto besser und spannender wird er.

Last but not least sehe ich in Korsett und Lackstiefeln rattenscharf aus. In Nylon fühle ich mich schnell wie Andreskywurst in Pelle, aber ein perfekt sitzendes Korsett macht echt was her. Guter Sex folgt dem

Grundsatz »alles kann, nichts muss«. So ist es auch beim BDSM. Oder Analsex. Oder Blümchenstreicheln. Erotische Mündigkeit bedeutet, nicht alles nachzuturnen, sondern es sich anzusehen, sich das rauszupicken, was einem gefällt, und den Rest ohne einen Funken Bedauern zu vergessen.

Wie zum Beispiel Baumärkte. Denn Baumärkte finde ich immer noch so abturnend wie Klärgruben. Und statt fünfzig Schattierungen von Grau ist mir im Bett eben eher nach Bunt.

Oishi heißt köstlich: Sightseeing in einem Land voller Lust

Weil man im Schlafzimmer ja sowohl träumen als auch erotisch inspiriert werden soll, hängt über meinem Bett ein Bild von Nobuyoshi Araki: Eine Geisha liegt da hingebreitet auf einem Futon, der Kimono klafft über ihrem nackten Körper bis zum Bauch auf, sodass man ihre Beine und das schwarze Dreieck ihrer Schamhaare sieht, und eine kleine Godzilla-Plastikfigur schnuppert an ihrem Schenkel.

Das ist für mich mehr als ein witziges erotisches Foto, es ist ein Symbol für Japan, das Ziel meiner Reisesehnsüchte.

Als ich anfing, mich mit Japan und seinen erotischen Besonderheiten zu beschäftigen, war ich erstaunt, wie fremd einem eine andere Kultur sein kann – vögeln ist eben doch nicht gleich vögeln. Man fickt den soziokulturellen Background mit, ob man nun will und es einem bewusst ist oder nicht.

Japan fasziniert mich nicht nur, weil das Essen das beste und die Züge die saubersten und pünktlichsten der Welt sind, sondern vor allem, weil Japan so eine reichhaltige und durchaus bizarre erotische Kultur hat, die auch ein neues Licht auf mein eigenes Bett wirft.

Was ist eigentlich *deutsch* im Allgemeinen und *deutscher Sex* im Besonderen? Ich bin urdeutsch in dem Sinn, dass ich ein Riesenfaible für Aberglauben und Brauchtum habe, alte Märchen liebe und finde, dass Frauen jeglicher Figur in kaum etwas so rattenscharf aussehen wie im Dirndl. Außerdem verhandle ich gern, gerade auch im Bett, ich mag keine Überraschungen und möchte gern wissen, was passieren wird, wenn der Slip erst mal runter ist. Vielleicht ein bisschen zu deutsch. Und natürlich sitze ich ausschließlich nackt in der Sauna. Manche ausländische Reiseführer warnen Touristen inzwischen davor, dass sich Deutsche beim Schwitzen immer nackig machen – aber, bitte, alles andere ist doch wohl eklig. Auch beim Massiertwerden bin ich am liebsten nackig. Diese merkwürdigen Papierslips sind was für Mull-Fetischisten. Und eine Masseurin muss auf meinem Körper auch kein keusches Origami mit dem Handtuch veranstalten. Auf der Massagebank bin ich williges, schamloses Meat. Pack! Mich! An!

Gar nicht deutsch bin ich in dem Sinne, in dem Burschenschaftler und andere Lobotomierte es gern verstehen. Und *deutscher Sex*, wie andernorts Bestrafungs- und Erziehungsspiele bezeichnet werden, liegt mir gar nicht – wobei Fräulein Rottenmeier eine der heißesten Frauenfiguren in Kinderbüchern ist, aber deren Autorin war Schweizerin.

Der geheimnisvolle Osten hat seine erotisierenden Eigenheiten. Und da darf man Sushi durchaus einschließen, denn die salzigen Häppchen machen fit und wach und eignen sich hervorragend, um sich gegenseitig damit zu füttern und zu spielen. In dem 2009 erschienenen Film *Mapa de los sonidos de Tokio* liegt eine nackte Frau als lebendes Buffet auf einem Tisch, sie ist mit Sashimi, Sushi und japanischen Köstlichkeiten aller Art bedeckt, eine Szene, die im ersten *Sex and the City*-Kinofilm zitiert wird. Im Museum of Sex in New York bin ich übrigens erstmals auf das Phänomen des Kannibalen-Pornos gestoßen, wobei die dort präsentierten Varianten noch sehr zahm waren und hauptsächlich aus Comics bestanden, in denen lustige Figürchen sich gegenseitig zum Fressen gern hatten. Nicht zu verwechseln mit Rentner-Kreuzfahrten, wo das Essen nach dem Motto »Die Lust des Alters ist oral« die körperliche Ekstase ersetzt.

Zurück zu den belegten Frauen. Nicht nur die Japaner, auch wir Deutschen können belegte Frauen herstellen, allerdings deftig: In einem deutschen YouTube-Video wird die Betreiberin eines Swingerclubs mit Fleischprodukten aus der eigenen Metzgerei belegt, und das ist leider keine Satire. Sogar Blutwurstpornos gibt es, gern kombiniert mit wollüstigen Greisinnen. Und apropos Greisinnen: Obwohl es jetzt nicht zum Thema passt, möchte ich das Buch *Nacktbadestrand* empfehlen: Eine 79-Jährige fängt nach vierzig Jahren Sex-Abstinenz wieder an zu vögeln. Das Buch macht Hoffnung und Laune auf ein heißes Rentnerdasein!

Japan war sehr lange Zeit ebenso von der Welt abgeschottet wie freizügig. Ob Promiskuität, Homosexualität, SM, Fetisch, Inzest oder diverse Obsessionen – alles kein Thema. Während bei uns von der Kanzel gepredigt wurde, wie der liebe Gott wünsche, dass auf Erden gepimpert werde, blühten dort die Variationen. Als besonders beliebte und typisch japanische Praktiken gelten im Land mit dem roten Kreis auf der Flagge:

– Bukkake, die Massenejakulation, vorgeführt zum Beispiel in der bekannten Verspermungs-Szene mit Gina Wild im Spinnennetz-Body. (Eine Bekannte erklärte mir neulich ein Cheesecake-Rezept und war sich ganz sicher, dass die Frischkäsefirma Bukkake heiße. Ich habe nichts gesagt, und weiß nicht, ob es sie es gemerkt hat.)

– Chikan meint Grapschen in der Öffentlichkeit, besonders in den heillos überfüllten U-Bahnen. Frauen in Istanbul haben für solche Attacken lange Nadeln dabei, Japanerinnen verlassen sich lieber auf rosa bemalte Mädchenabteile.

– Enjokosai bezeichnet die Prostitution von Schulmädchen (oft gegen Markenklamotten oder Hightech).

– Erogē sind erotische Videospiele (besorg's mir, Supermario).

– Shibari, die berühmte Fesselkunst, für die es echtes Fachwissen braucht. Das kann man gar nicht oft genug sagen: Erst büffeln, dann binden, alles andere wäre gefährlich. Es möchte schließlich niemand als der Typ berühmt werden, der sich selbst beim Wichsen strangulierte. Oder heißt es bereits in den entsprechenden Kreisen: »Er hat den Carradine gemacht«?

– Sopurando: Tokios Stadtteil Kabukicho bietet unter anderem die Soaplands. Japaner legen beispielsweise ihren Kopf auf den Schoß einer jungen Frau, um massiert zu werden, während diese ihnen die Ohren putzt. Als normaler Tourist erleben Sie das übrigens nicht, denn die Kunden müssen Japanisch sprechen, sonst werden sie abgewiesen.

Der Japanologe und ehemalige amerikanische Tokio-Botschafter Edwin Reischauer fasste zusammen, Sex sei in Japan »ein natürliches Phänomen, wie Essen, das man genießen soll«. Darunter würde ich gern ein tief geseufztes »Amen« setzen.

Der Vergleich mit dem Essen passt wunderbar: Manches ist für uns eher befremdlich (vergorene Sojabohnen und lebender Fisch!), manches aber auch wohltuend entspannend.

Das Geheimnisvollste an der japanischen erotischen Tradition sind wohl die Geishas, deren Look ich absolut bezaubernd finde. Und sexy! Das rote Kissen in der kunstvollen schwarzen Frisur deutet auf die Vulva hin, ebenso wie die Bemalung im Nacken, wo die weiße Schminke in zwei Zacken ausläuft (Hals und Nacken und auch die Füße gelten als hochintime erogene Zonen). Entgegen dem Eindruck, den die amerikanische Besatzungsmacht nach dem Zweiten Weltkrieg hatte, sind Geishas aber nie Prostituierte gewesen. Die Verwechslung kam womöglich dadurch zustande, dass die Huren der Samurai-Ära ein sehr ähnliches Design hatten, dass sich manche von ihnen in Kimonos kleideten und weiß schminkten. Für sexuelle Gefälligkeiten konnte man eine Geisha nicht mieten, aber es kam durchaus vor, dass ihre Jungfernschaft meistbietend versteigert wurde oder dass sie sich exklusiv an einen reichen Gönner band, dem sie dann zur Verfügung stand.

Ich finde es immer heuchlerisch, wenn ehrbare Frauen darüber die Nase rümpfen, denn auch falls ich jetzt gesteinigt werde: Nicht jede westliche Ehe ist eine Liebesheirat, und wenn eine Frau aus materiellem Vorteil mit einem Mann zusammen ist oder ihn mit Sexverweigerung erpresst, dann ist das Prostitution.

Bei den Geishas war das zumindest klar geregelt. Sie lebten in Frauenhaushalten und wurden jahrelang in Tanz, Gesang, dem Spielen eines Instruments, amüsanter bis schlüpfriger Konversation und Unterhaltung wie Trinkspielen ausgebildet. Was mich daran so fasziniert, ist die Verbindung von Kunst und Erotik. Dieses Kultivierte, Subtile und gleichzeitig eindeutig Feuchte. Und was hat der Westen zu bieten? Tittenteenies im Hooters, klebrige Animierdamen und draußen nur Kännchen. Wir haben Evelyn Hamann, die »meine Schwester heißt Polyester« tanzt, oder Superstar-Anwärterinnen, die mit dem Babyspeck unterm Arschgeweih wackeln – Japan hat Butoh, den ekstatischen, höchst kunstvollen Ausdruckstanz. Ich habe einmal ein Mädchen gesehen, das nackt eine Kuh tanzte, mit mehreren Gummisaugern auf dem Oberkörper als Zitzenleiste: Niemals davor und danach fand ich Kühe erotisch.

Ein Verfallsdatum gab es bei den Kimono-Schönheiten nicht, als Geisha konnte man bis ins hohe Alter arbeiten, anders als bei uns, wo man eine Frau mit Anfang dreißig schon nicht mehr ganz so sexy findet. Seit ich in Berlin wohne, steht in der zitty immer mal wieder dieselbe Anzeige, in der ein Bordell in Zürich nette Mitarbeiterinnen »bis 32 Jahren« sucht. An meinem 33. Geburtstag kam es zu diesem Dialog mit meinem damaligen Partner: Ich: »Guck mal, jetzt bin ich zu alt, um in Zürich als Hure zu arbeiten.« Und er: »Vielleicht nähmen sie dich noch als Domina.« Sehr charmant.

Aber Japan ist dahingehend nicht frauenfreundlicher als der Westen. Wer mit fünfunddreißig noch nicht verheiratet ist, wird eine »verwelkende Blume« genannt und muss sich schämen.

Um in der Botanik zu bleiben: Die Frauen, die »den Frühling verkauften« – also Sex –, arbeiteten legal und waren gesellschaftlich anerkannt. Sie wurden als Bereicherung des Lebens betrachtet, nicht als »Skandal um Rosi«. Davon träumen hier die Damen von der Hurenorganisation Hydra e. V.

Insgesamt war Sexualität ein Bestandteil des Lebens, den man so gestalten konnte, wie man gern wollte, solange man damit niemanden störte. Bis heute ist in Japan öffentliches Händchenhalten und Küssen verpönt. Gleiches gilt für Homosexuelle. Schwuler und lesbischer Sex ist kein Problem, homosexuelles Leben schon. Kesse Schwester oder Toyboy zu sein war bis zu einer mehrjährigen Unterbrechung ab 1907 immer legal, aber man sollte auch heute nicht in seinen Chaps im Büro auftauchen oder einen Menschen gleichen Geschlechts heiraten wollen. (Apropos: Wann ist das Adoptionsrecht für eingetragene Lebensgemeinschaften bei uns endlich mal durch? Kommt in die Pötte damit!)

Die Zahl der Tabus ist in Japan erfreulich gering. Die Dinge, bei denen der Westen irritiert zusammenzuckt, schocken in Japan niemanden. In den Sexmangas, die mich ja durchaus wuschig machen können, finden sich zwischen endlos vielen Zeichnungen von Schulmädchen in weißen Schlüpfern mal gern Hermaphroditen. Es gibt einen Höschen-Kult, und getragene Mädchenschlüpfer kann man auch am Automaten ziehen. (Nur am Rande: Wer hier für Deutschland eine Geschäftsidee wittert und seine Schmutzwäsche samt Körperflüssigkeiten aller Art übers Internet verkaufen möchte, der muss diese Sendungen bei der Deutschen Post als »landwirtschaftliches Produkt« deklarieren. So was lernt man, wenn man zwischen drei und fünf Uhr nachts fernsieht.)

Eines der wenigen Tabus im Land der aufgehenden Sonne sind Schamhaare. Man kann in japanischen Zügen ungeniert die härtesten und perversesten Comics lesen, in denen Schulmädchen gleich reihenweise in Snuff-Orgien abgeschlachtet werden, aber wehe, ein einziges Schamhaar kringelt sich. Deshalb ist Arukis Foto von der Geisha so skandalös. Schamhaare sind eines der vielen Dinge, die mir bei der Recherche zu dieser Kolumne unbegreiflich geblieben sind, denn auf der einen Seite enthaaren sich die Frauen die Mösen, auf der anderen tragen sie Schamhaar-Toupets, wenn sie in öffentliche Badehäuser gehen. Vielleicht kann mir das mal jemand erklären.

Übrigens wurde bis 1964 gemeinsam nackt gebadet. Nur mit Tattoos darf man bis heute nicht ins Becken, denn das war und ist das Zeichen der Yakuza. (Den Kalauer vom Yakuza im Jacuzzi muss ich jetzt loswerden.) Und will man Japaner zum Kollabieren bringen: einfach Duschgel ins Onsen-Bad mitnehmen.

Aber natürlich gibt es in Japan genauso viele Zombies wie hierzulande. Hier heißen sie *Nachbar* (meiner gießt nackt seine Balkongeranien und schaukelt sich dabei gedankenverloren die Eier, was ich mir regelmäßig ansehen darf, weil ich gern draußen schreibe) und drüben *Otaku*. Das umschreibt Nerds, die ohne Sozialkontakte leben und praktisch nie ihre Wohnung verlassen. Sie steigern sich so in ihre oft gewaltsamen Videos und Videospiele hinein, dass sie sich manchmal in die Zeichentrickfiguren verlieben (im Westen heißt das Pygmalionismus oder Agalmatophilie und meint eine Statuenliebe) oder aber wie im Fall des Serienmörders Tsutomu Miyazaki Mädchen entführen und für ihre Phantasien missbrauchen. Miyazaki ermordete Ende des Achtzigerjahre vier kleine Mädchen und konnte offenbar nicht mehr zwischen Phantasie und Realität unterscheiden. Seitdem bedeutet der Begriff Otaku nicht mehr nur Sonderling, sondern auch: potenzieller Serienkiller.

Nun sind Serienkiller aber keine japanische Erfindung, und ob Videofilme wirklich gewaltbereit machen, ist eine andere Diskussion. Zurück zum Sex.

Den gibt es nämlich auch, also *japanischen Sex*. Wenn ein One-Night-Stand das von einem will, lässt man die Klamotten einfach an und entblößt nur die Geschlechtsteile. Der Thrill dabei ist der Kontrast zwischen nackter Haut und künstlichem Material, deshalb finden sich unter Fetischisten, die auf Stoffe wie Latex, Leder, Pelz oder was auch immer stehen, besonders viele Fans dieser Spielart. Den Vatikan müsste das eigentlich interessieren, denn die früheren christlichen Nachthemden hatten auch einen Latz überm Schritt, sodass man sich für die ehelichen Pflichten nicht zu berühren, zu betrachten oder irgendwie sonst Spaß aneinander zu haben brauchte.

Damit japanische unverheiratete Paare wussten, was ihnen in der Ehe blüht, bekamen sie zur Hochzeit Makura-e geschenkt, Kopfkissenbücher. Auf diesen Bildern sieht man, was zwei oder mehrere Körper so alles miteinander anstellen können. Achtundvierzig klassische Stellungen sind dort illustriert, und ähnlich wie der Godzilla auf Arukis Geishabild gibt es auch dort tierische Zuschauer: Auf fast jedem Bild findet man eine Katze, die sich in die Füße des Liebhabers verkrallt oder sonst wie im Weg rumliegt.

Diese Aufklärungs-Tradition finde ich sehr charmant, auch wenn sie meiner Meinung nach viel früher stattfinden sollte. Dass es dahingehend Bedarf gibt, zeigt das Weblog einer amerikanischen Lehrerin, die die Fragen ihrer etwa dreizehnjährigen SchülerInnen ins Netz stellt, darunter: »Wie kann ich ein

Baby bekommen, wenn ich keinen Sex haben will?« Oder: »Kann man vom Blowjob schwanger werden?«

Aufklärung ist ja einer der neuralgischen Punkte in der Kindererziehung – nicht nur für die Eltern, auch für das Kind.

Ich weiß noch, wie meine Mutter mich aufgeklärt hat. Ich war vier, und meine Eltern hatten den Schmu der Fünfzigerjahre, das Getuschel und Gemauschel satt und wollten progressiv und sachlich sein. Sie liefen nach dem Duschen nackig durchs Haus und sagten Sachen wie »Geschlechtsverkehr« und »Glied einführen«. Dabei zuckt mein Uterus heute noch vor Unbehagen. Meine Mutter hatte superpädagogisches Material besorgt, in dem man auf Comicbildchen von nackten Kindern sehen konnte, wie Jungs und Mädels untenrum gebaut sind. Während ich mich vor Peinlichkeit wand, fragte sie mich immer wieder: »Hast du es jetzt verstanden? Worin unterscheiden sich Mädchen und Jungen?« Und ich sagte jedes Mal wieder: »An der Frisur«, denn das Mädchen auf der Zeichnung hatte Zöpfe und der Junge nicht. Mir war es einfach unangenehm. Abends hörte ich dann, wie meine Eltern beschlossen: »Sie ist einfach noch nicht so weit.«

Von Liebe wurde in unserem kreuzkatholischen Haushalt sehr oft geredet. Von Lust nie.

Dunkle Ecken gab es in meiner Kindheit natürlich auch. In einer saß der ältere Nachbarsjunge und wollte mir seinen Schniepel zeigen, was nicht klappte, weil er wegen einer behinderten Hand seine Hose nicht selbst öffnen konnte und ihm auch immer jemand beim Pinkeln helfen musste. In einer anderen saß eine jüngere Freundin, die ich küssen wollte, woraufhin ich unglaublichen Ärger mit ihrer Mutter bekam, die mich auch als Erwachsene nie wieder gegrüßt hat.

Zu meinem zwölften Geburtstag schenkte mir jemand ein Sternzeichenbuch für Kinder, in dem es hieß: »Als Zwilling ist dein Sexualtrieb besonders stark. Unterdrücke ihn, so lange du kannst.« Ich hoffe, dieses Buch wurde mittlerweile als »für Jugendliche desorientierend« (O-Ton FSK) aus dem Handel genommen.

Andere Kinder verfügen bereits früh über ein beeindruckendes Fachwissen. Der kleine Sohn einer Freundin (keine zehn Jahre alt) fragte mich neulich nach meiner letzten Periode – weil er dann meinen Eisprung ausrechnen könne. Ich wollte ihn nicht verwirren mit dem Hinweis, dass ich mir das allmonatliche Geblute schon lange spare und stattdessen die Pille durchnehme. Da springt also nichts. Ich vermute allerdings, dass er sich die Vorgänge in meinem Uterus sowieso vorgestellt hat wie einen Flipperautomaten, in dem die Eier mit Affengeschwindigkeit durch die Innereien schießen.

Kinder haben nicht nur eine eigene Kinder-Sexualität, sondern auch eine Intimsphäre. Hallo Mom, ich habe es immer gehasst, wenn du mir unters Kleid gegriffen hast, um die Strumpfhose zurechtzuziehen, während der blöde Patrick von nebenan zusah, mit dem ich in den Kindergarten gehen musste, obwohl er mich regelmäßig zum Weinen brachte, indem er androhte, er werde nachts in unseren Garten steigen und alle Bäume absägen. (Als ich meinen Eltern schließlich davon erzählte, musste Patrick sich bei mir entschuldigen, was schon demütigend genug für ihn gewesen wäre, aber er saß zu diesem Zeitpunkt auch noch im samstäglichen Wannenbad und hatte einen Schaumhut auf dem Kopf. Seitdem erscheinen mir furchterregende Menschen weniger beängstigend, wenn ich sie mir schaumknisternd mit Quietscheentchen vorstelle.)

Vom Thema Wasserfolter zu feuchten Freuden: Die sind in Japan zahlreich. Neben Sake und dem traditionellen Onsen-Bad fällt mir die japanische Luxustoilette ein, auf der ich schon die Freude hatte, sitzen zu dürfen, im Gästeklo der New Yorker Japan Society. An der Wand befindet sich ein Display, auf dem man eintippen kann, wie man die Rosettenduschung bevorzugt: kalt oder warm, mit hartem Strahl oder sanftem Geplätscher. Eher so, als würde der Po gesandstrahlt oder geleckt, ganz nach Belieben. Leider ist williges Gewimmer dabei nicht zu erwarten, das japanische Hightech-Örtchen ist nur hygienisch, aber nicht fickbar, also egal, wie man sitzt, der Wasserstrahl kommt nicht an die Klitoris. Ein Keuschheitsklo.

(Apropos williges Gewimmer: Japanische Pornodarstellerinnen haben einen ganz eigenen Sound. Die schreien oder stöhnen nicht, die fiepen. Wie Eichhörnchen, die sich aus Versehen mit ihrem kleinen pelzigen Nagetierpopo auf eine stachelige Kastanie gesetzt haben. Fiiiieeeep!)

Zurück zur japanischen Kehrseitensäuberung. Ist alles gespült, stehen diverse Fön-Programme zur Auswahl. Eine Trockenhaube für die Hintertür. Und Deutschland? Hat Hakle feucht. Das auch nach dem dritten Spülgang hartnäckig oben schwimmt und für das ein Golden-Retriever-Welpe Werbung macht, wobei ich mich frage, was dieser hechelnde Hund mit meinem Hintern zu tun hat. (Aber an der Werbung scheitere ich ja oft intellektuell. Wieso verkauft Käpt'n Iglo neuerdings Hühnerteile? Wo kommen die her? Sind die in seiner Kombüse übrig geblieben?)

Noch viel schwerer als das Verstehen der Marketingstrategie von Hygieneartikeln ist es für Jugendliche, wenn es um die Verwendung dieser Körperteile geht – und ich wette, da ist die Verwirrung bei japanischen und deutschen Teenies gleich groß.

Wie kann man überhaupt etwas über Sex lernen, wenn man nicht zum Infogespräch zu Pro Familia gehen möchte? Aus Pornos nicht – auch aus japanischen nicht, obwohl es da einiges zu sehen gibt, auf das ich selbst nie gekommen wäre: zum Beispiel Frauen, die sich lebende Koi einführen, oder solche, die in ihrer Nase bohren, bis es blutet, und natürlich jede Form von Fuß-Sex, Fuß-Verehrung und Füße überhaupt.

Was ich dabei absolut nicht verstehe: Wieso gibt es keine Pornofilme, in denen man japanische Männer mit westlichen Frauen sieht? Bin ich die Einzige, die findet, dass Japaner unwiderstehlich attraktiv sein können? Wenn westliche Männer so grandios altern könnten wie Kent Nagano, würde ich mich vielleicht auch mal in einer höheren Altersklasse umsehen.

Aus Büchern lernt man bloße Theorie, praktischen Nutzen erfährt man höchstens durch Masturbation, denn da geht es um das Wichtigste beim Entdecken der Lust: den eigenen Körper.

Folgender engagierte Leserbrief, den ich neulich bekam, ist allerdings anderer Meinung, und ich zitiere ihn hier, weil er im weitesten Sinn zum Thema Expedition, unbekanntes Gelände und Sightseeing passt: »Mein Interesse an Ihrem Werk ist vollends erloschen, als ich Ihre Statistik lesen musste: Alle Frauen wollen Sex und alle Frauen masturbieren. Beides ist natürlich falsch (...). Nach meinen Erfahrungen will ein Drittel der Frauen überhaupt keinen Sex, ein weiteres Drittel hält es wie mit dem Abwaschen; es gehört halt dazu, und wenn es nicht so wäre, wäre es auch gut. Das letzte Drittel hat wirklich Interesse am

Sex, und nur mit diesen können Männer tatsächlich was anfangen. (…) Von den Frauen, die sich tatsächlich für Sex interessieren, masturbieren nicht alle! Für das zweite Drittel gilt dasselbe, und das erste Drittel masturbiert sowieso nicht, wobei wir wieder bei der Quote sind von vierzig Prozent an Frauen, die nie masturbieren.«

Es ist immer hilfreich, wenn ein Mann mir erklärt, was bei uns Mädels so los ist untenrum. Thank you for being my Fremdenführer im Muschiland.

Sinnvoll fände ich eine Art Hetärenschule, wo Jugendliche, statt im Internet zu lernen, dass man Baseballschläger anal einführen und sich beim Sex in Erbrochenem wälzen kann, erfahren, wie man über den eigenen Körper und das eigene Empfinden miteinander redet. Dass es nicht verkehrt ist, mal nachzufragen. Dass man die Worte, die man gemeinsam benutzen möchte, absprechen kann. Neben Verhütung würden sie dort auch etwas über Lust erfahren und über Selbstbestimmung. Und bevor jetzt jemand empört schreit, das sei doch Aufgabe der Eltern: Wer bitte möchte das denn mit seinen Eltern diskutieren?

Japanische Liebende wollen offensichtlich auch nicht, dass ihre Familien allzu viel von ihrem Liebesleben mitbekommen. Deshalb gibt es die großartige Einrichtung der Love Hotels, in denen man stundenweise in abgefahrenen Themenräumen vögeln kann.

Wahlweise nimmt man den rosa Hello-Kitty-Bedroom oder den Folterkeller, treibt es im Cadillac zu Hillbillymusik oder in diversen Manga- oder Cosplay-Welten. So was sollte es hier auch geben!

Wovon ich noch träume: von schicken, exklusiven Restaurant-Bar-Clubs mit Geishas. Keine billigen Frolleins mit Troddeln überm Po, die »trink noch einen Prossetschio, Süßer« säuseln, sondern kulturell visierte, amüsante Unterhaltungsdamen und -herren, die über die jeweilige Stadt Bescheid wissen, einem sexy und witzig den Abend versüßen und nebenher hervorragend servieren.

Die Verbindung von Intelligenz, Bildung, Kultur und Sex wird völlig unterschätzt. Ich weiß nicht, wer beschlossen hat, Erotik müsse immer auch etwas Primitives, Billiges haben. Wieso gilt eine intelligente, gebildete Frau als unsexy? Woher kommt dieses unsägliche »Dumm fickt gut«? In Amsterdam war ich neulich im Rotlichtbezirk (sehr spaßige Erotikmuseen, wenn man sie denn findet hinter den dichten Haschwolken der Touristen), und da ist mir aufgefallen, dass ungewöhnlich viele der bildhübschen Prostituierten Streber-Hornbrillen tragen. Das wird kaum ein Zufall oder eine Astigmatismus-Epidemie sein. Ich vermute vielmehr, sie spielen die schlaue Studentin, die sich nebenher aus Spaß verkauft. Und darauf scheinen viele Freier zu stehen, sonst hätten die Mädels ihre Nerdbrillen schnell wieder abgeschafft.

Man muss allerdings gar nicht weit reisen, um verwirrt zu sein und sich nicht mehr zurechtzufinden.

Ich war in einer deutschen Großstadt in einem Sexshop, eine Freundin hatte mich hingefahren, musste dann aber plötzlich los. Ich blieb noch, um mir Ben-wa, eine spezielle Art Geishakugeln, anzusehen. Schließlich fragte ich den Angestellten, wie ich wieder zurück ins Hotel käme.

Ich: »Entschuldigung. Ich bin hier abgesetzt worden und würde mir gern ein Taxi rufen. Können Sie mir die genaue Adresse nennen und mir sagen, wo wir hier sind?«

Er (der arbeitet dort!): »Ja, das weiß ich auch nicht so genau.«

Ich: »Nur die Straße vielleicht?«

Er: »Ich frag mal den Chef.«

Das hätte auch ein hierarchiebegeisterter Japaner sagen können.

Auf allen weißen Wipfeln seh ich safe Zipfel sitzen

Vor genau einem Jahr fragte mich die taz: »Müssen Linke Weihnachten hassen?«

Ich hätte nun ehrlicherweise sagen müssen: »Keine Ahnung«, denn ich bin keine Linke, sondern eine Pornografin, also von Haus aus Hedonistin, und als solche liebe ich Weihnachten. (Claudia Roth von den Grünen übrigens auch, wie sie in demselben Artikel verriet. Ich frage mich, ob ihre Feierlaune und die Tatsache, dass sie eine der wenigen Politikerinnen ist, bei denen ich mir ein erotisch aktives Privatleben vorstellen kann, irgendwie zusammenhängen?) Goldrausch, Lametta-Explosion, Kitsch-Schwelgerei – näher kommt man im lustfeindlichen Abendland an römische Orgien nicht ran. Weihnachten ist das Hochfest des Genusses. Da darf man Dinge, die man sich sonst verkneift. Mehr von allem, was schon übers Jahr zu viel ist. Ein wonniges, wohliges Suhlen in Gelüsten. Mit Religion habe ich nichts am Hut, ich nehme das Fest der Liebe einfach wörtlich und sage mir: Wann sonst hat man mehr Muße zum Vögeln, bis die himmlischen Heerscharen vor Vergnügen quietschen, als in den zutiefst heidnischen Raunächten zwischen Weihnachten und Silvester? Die haben eine ganz eigene Magie. Am liebsten würde ich dann gar nicht aus dem Bett steigen und einfach dabei zusehen, wenn es zwischen der trägen Vormittagsdunkelheit und der sexy Abenddämmerung nur sehr vorsichtig mal heller wird. Da kann man sich kurz räkeln wie eine satte Katze und sich wieder den Lüsten hingeben. Die Zeit zwischen Weihnachten und dem neuen Jahr ist die sinnlichste überhaupt, das Kerzenlicht schmeichelt dem Teint, man hüllt sich in weiche, flauschige oder seidige Stoffe, das Feuer im Kamin prasselt, draußen schneit es, bis alles still und verwunschen ist, und die typischen Gewürze wie Zimt, Kakao oder Kardamom sind reinste Aphrodisiaka.

Auch Geschenke sind der Leidenschaft zuträglich, und ich werde nie verstehen, wie sich gerade Liebende auf dieses spaßbremsige »Wir schenken uns nichts« einigen können. Der Müllmann kriegt seinen Jahresbonus, dem knatschigen Patenkind und der wenig verehrten Kollegin muss man was wichteln, aber ausgerechnet der Mensch, der mir Intimität und Orgasmen beschert, der weiß, wo ich unter der Pofalte kitzlig bin und wie man meine Nippel saugen muss, damit sie sich erfreut kräuseln, geht leer aus?

Dabei kann ein schuhkartongroßes Päckchen viel mehr enthalten als nur ein Buch oder einen Schal, manchmal bietet es eine ganz neue Perspektive. Als ich fünfzehn war – Achtung, jetzt wird's freudianisch – schenkte mir mein Vater, ohne es zu wissen (und ich hoffe, er erfährt's auch nie), quasi aus Versehen meinen ersten Vibrator. Das kam so: Er arbeitete in einer großen Firma, die Elektroartikel aller Art herstellt, und weil gerade die Aktien runtergingen, gab es statt Weihnachtsgeld Gutscheine für den Firmenverkauf. Und da erstand er für mich ein elektrisches Nagelfeilen-Set, das außer den verschiedenen Nagelpflegeaufsätzen auch diverse Massageköpfe hatte. Das Ding ist bis heute einer meiner liebsten Klitorisvibratoren. Hergestellt, lange bevor es diese Gattung von Orgasmusmaschinchen gab. Der Hype mit den bunten, ergonomisch geformten Auflagebrummern ging erst viel später los, aber dieses übrigens wahnsinnig laute Gerät, das noch ein prähistorisches Stromkabel hat, sorgt bis heute für absolut zuverlässige und blitzschnelle Höhepunkte. Kein Wunder also, dass ich feucht werde, wenn ich Plätzchenduft rieche und goldene Glöckchen bimmeln höre.

Wenn man keine Überraschung geschenkt bekommt, darf man sich oft etwas wünschen, und wann passiert das im Erwachsenenleben schon? Ich bin superleicht zu beschenken, denn ich habe jede Menge Wünsche in allen Preisklassen, und ich freue mich auch immer wie Hulle über fast alles, wo eine Schleife drauf ist. Als Kind hieß es trotz Unerfüllbarem: »Wünschen darfst du dir alles.« Das sagt einem später niemand mehr. Dabei wäre meine Liste lang!

Was ich mir von Männern wünsche: Seid ein bisschen romantischer. Fahrt defensiver im Straßenverkehr, und klaubt die Haare aus dem Duschabfluss. Leckt mehr und fickt auch mal kurz und schnell vorn am Möseneingang, statt ihn immer gleich bis zur Schwanzwurzel hineinzurammen.

Von Frauen wünsche ich mir: Hört auf zu jammern, dass Männer euch nicht geben, was ihr haben wollt, sei es Karriere, Freiheit oder ekstatische Momente, sondern sorgt selbst für euer Glück. Kein Säbelzahntiger kommt in die Höhle und legt sich in der Bratenmarinade zum Sterben hin. Will man Fleisch, muss man den Hintern aus dem Blaubeerbusch bewegen und jagen gehen.

Von bild.de: Bitte keine Großaufnahmen von Hautkrankheiten mehr. Echt, Leute, ich frühstücke dabei! Ach ja, so ein bisschen journalistische Ethik wäre schon auch schön. Aber Hauptsache, die Lepra-Reportagen fliegen raus!

Von den Kirchen jeder Couleur: Bitte beschränkt euch auf Weihrauchabbrennen, Glocken mit Wasser übergießen, Gläser bei Hochzeiten zertreten oder vom Turm singen. Im Bett habt ihr nichts verloren. Klitorisse, Vorhäute und alle anderen Körperteile sind da, weil die Herrgöttin das so gewollt hat, also nehmt eure gierigen Griffel weg.

Von den Sextoy-Herstellern: Erfindet einen Leckomat, der wirklich schön schlappt. Und eine größere Kollektion schmaler Dildos wäre auch nett. Nicht jede Frau fickt gern einen Möbelpacker-Unterarm.

Von meinem Busen: Ich weiß, du wirst nächstes Jahr zweiundvierzig, zusammen mit allen anderen Körperteilen. Aber guck mal: Füße, Ellenbogen und Ohren sehen aus wie knackige siebzehn. Nimm dir ein Beispiel!

Vom Fernsehen: Synchronisiert sofort die nächste *Californication*-Staffel. Zeigt im Nachtprogramm gut gelaunte Privatpärchen beim Vögeln statt magere Mädels, die sich gelangweilt an Sportgeräten schubbern.

Von YouPorn: Lieber Fabian Thylmann, zahlen Sie Ihre Steuern, falls Sie das wirklich vergessen haben. Wovor soll ich während der Arbeit masturbieren, wenn es bei Ihnen keine Fickfilmchen mehr zu sehen gibt? Bitte mehr Amateure. Mehr Fingerfucks und erotische Massagen. Weniger Silikonlippen – Münder müssen nicht wie Donuts aussehen – und keine haarigen Hintern mehr. Ich verlange keinen Proust rezitierenden Pornodarsteller, aber der aufrechte Gang sollte Mindestanforderung beim Casting sein.

Von der Pornoindustrie: Nehmt endlich Kondome. Jedes Mal und bei allem. Ja, es nervt, dass ich das immer wieder und überall sage, aber Aids zu haben nervt sicher auch ein ganz winziges kleines bisschen.

Von Bülent Ceylan und Anthony Thet: Bitte bringt zusammen einen Akt-Kalender heraus, in dem ihr euch im Dampfbad gegenseitig mit Schaum die Schenkel massiert.

Von Wellnesshotels: Wieso immer nur Lomi Lomi und Hot-Stone-Massagen? Nehmt Tantra in euer Angebot mit auf. Sinnliche Ölmassage mit Yoni-Wellness! Orgasmen entspannen mehr als alle Yogakurse der Hotellerie.

Falls sich der Liebste oder die Angebetete aber nichts gewünscht hat, hätte ich hier noch ein paar Ideen für Geschenke in letzter Minute:

Für Naschkatzen: Ich liebe die wunderschönen Luxuskekse von biscuiteers.com, die man sich einfach nicht selbst kauft, weil sie viel zu teuer zum Wegknabbern, aber als Präsent ganz wunderbar sind.

Leidenschaft zum Ansehen: das eigene Kunstwerk schaffen durch phantasievolles Vögeln. Einfach Leinwand ausrollen, mit Farbe einschmieren, Spaß haben wie die Karnickel und an die Wand hängen. Es herzustellen ist die eine Hälfte des Spaßes. Das Kunstwerk den Schwiegereltern fachkundig zu erklären (oder es sich von ihnen erklären zu lassen), die andere.

The Queen's Cup of Tea: Teetrinken wie die Queen. Für mich der Gipfel der Dekadenz. Teatimes gibt's mittlerweile in vielen Fünfsternehotels. Meine liebsten sind die im Hotel de Rome in Berlin, im Savoy in London und im Vier Jahreszeiten in Hamburg. Ein Nachmittag voller Genüsse. Und wer die Überraschung auf die Spitze treiben will, kann ja in der Etagere einen Zimmerschlüssel zwischen den Petits Fours oder den Fingersandwiches verstecken. Dann gibt's den Nachschlag oben zu zweit.

Überhaupt romantische Wochenenden! Selbst in Luxusressorts sind sie zur Winterzeit erschwinglich. Wer Kinder hat, organisiert das Babysitting gleich mit. Und wenn man keinen Urlaub bekommt: einfach in der Stadt bleiben, in der man wohnt. Man muss nicht lange verreisen, Hotelsex ist auch im Hotel um die Ecke scharf, erst recht, wenn man eine dieser SM- oder Erotik-Wohnungen bucht, die es in vielen Großstädten mittlerweile gibt.

Ganz wunderschön fand ich auch eine Mini-Kreuzfahrt auf der Linie Kiel-Oslo-Kiel. Das geht von spartanisch in der Innenkabine bis zum Titanic-Flair in der Suite. Beim letzten Mal hab ich dort die Erstfassung meiner Weihnachtserzählung *Schrille Nacht* geschrieben. Sehr inspirierend, mit Blick auf die Wellen zu arbeiten. Und auch für ein kleines sexy Hideaway genau richtig.

Paartherapeuten sagen ja immer: Etwas gemeinsam zum ersten Mal zu tun schweißt ein Paar zusammen. Das muss überhaupt nichts Riskantes oder

Großartiges wie eine Fudschijama-Besteigung oder ein Fallschirmsprung sein. Auch absurde Premieren machen total Spaß, beispielsweise Kamelreiten in Brandenburg, zusammen ein Lied im Tonstudio einsingen oder Fischpediküre – die Dschungelcamp-Erfahrung für mutige Mauken.

Auch ein schönes Abenteuer ist ein gemeinsames erotisches Fotoshooting. Entweder mit Selbstauslöser zu Hause oder mit einem professionellen Paparazzo im Studio. Körperteile, die einem nicht gefallen, deckt man einfach mit Laken zu oder lässt sie im Schatten verschwinden. Gezeigt wird nur, was man selbst scharf findet – erstaunlicherweise war es bei mir mehr, als ich vorher gedacht hatte. Beim Posieren ist es fast egal, ob man sich für den artifiziellen Burlesque-Look in Korsage und High Heels entscheidet oder für weichgezeichnete nackige Schmusefotos. Das gemeinsame Modellstehen macht Laune auf mehr, und vielleicht kommt irgendwann auch eine Videokamera zum Einsatz. Beruhigend, eine Alternative zu haben, falls YouPorn wirklich vom Netz gehen sollte.

Die passenden Accessoires für so ein Shooting sind auch schon ein schönes Geschenk. Dessous gehen immer, vorausgesetzt, Jungs, ihr kennt die Größe eurer Liebsten genau und auch die bevorzugte Firma. Ansonsten empfiehlt sich Wäsche, die nicht ganz exakt passen muss, wie zum Beispiel lange, halterlose

Strümpfe oder Babydoll-Negligés, Nipple Tassles, Handschuhe oder gefährlich schlampige Bitch-Pumps. Ich liebe Reizwäsche und wünsche mir beim Ankleiden immer, es gäbe Zofen, die einem dabei zur Hand gehen (noch ein Weihnachtswunsch, und bitte mit schwarzem Kleidchen, Rüschenschürze und verdorbenem Lolita-Blick). Dessous zu tragen ist ein Geschenk für beide Seiten: Der Mann hat was zu gucken und die Frau was zum Anziehen. Auch wenn ich grob gestrickte schwarze Woll-Overknees zur nackten Muschi trage, haben wir beide etwas davon: Er findet das scharf, und ich hab beim Vögeln warme Füße. Und trage ich ein kompliziert geschnürtes Korsett, muss er mich erst sorgfältig auspacken, das Vorspiel dauert also länger. Der Ökonom nennt das eine Win-win-Situation, und die Erotik-Autorin einen guten Fick.

Manchmal trage ich Strapse gern im Alltag. Der Kontrast zwischen nackter Haut und Stoff ist einfach sexy. Und die hauchdünnen Outfits machen selbstbewusst. Ich fühle mich damit wie ein kostbares Geschenk, Juwelen überreicht man ja schließlich auch nicht in altes Frottee gewickelt. Manche Dessous sind eine Mischung aus Kleidung und Sextoy. Ein Slip ouvert oder einer aus einem ganz feinen elastischen Stoff ist ein Brandbeschleuniger beim Gelecktwerden.

Außerdem kann man mit Dessous seine eingebildeten oder tatsächlichen Makel verstecken, und zwar nicht, um für ihn besser auszusehen (ein Mann guckt eh nur noch unscharf, wenn das Blut in den Schniepel gerauscht ist und er gleich in eine Muschi darf), sondern um sich selbst freier zu fühlen. Ein Hemdchen, das über den Bauchansatz fällt, ein Push-up, der den Minibusen aufmotzt, das ist wie Körper-Make-up. Ohne Lidstrich gehe ich ja auch nicht unter Leute. Wenn man sich in etwas peinlich oder lächerlich fühlt, sollte man es nicht anziehen – auch Dessous müssen passen: im Schritt und zur eigenen Persönlichkeit. Sich verkleidet fühlen kann dagegen scharf sein. Eben noch die Geschäftsfrau im zugeknöpften Kostüm, jetzt die heiße Kurtisane. Und apropos materieller Vorteil: Reizwäsche ist immer schön, wenn er etwas zum Mitbringseln sucht, nicht nur zu Weihnachten. Natürlich *brauche* ich keinen x-ten Seidenslip, aber wenn Männer mir ausschließlich Sachen schenken dürften, die ich brauche, müsste man mir nur Cola light und Katzenstreu besorgen, und das fände ich jetzt nicht so prickelnd.

Ich genieße den Moment, wenn ich mich im Bad für ein schönes Gevögel herrichte. Spontaneität wird beim Sex überbewertet, die paar Extraminuten zur Ankleidung können auch für die nötige Konzentration sorgen. Nichts stört beim Weg zum großen O mehr, als wenn man noch überlegt, wer nun der Mörder im Krimi war oder ob man das Brot aus dem Gefrierer genommen hat.

Komme ich also in vollem Strapsornat ins Boudoir geschritten, sehe ich an seinen leuchtenden Augen, dass er sich freut – nicht nur weil die Wäsche toll aussieht, sondern auch weil das Tragen Bereitschaft und Willigkeit signalisiert, woraufhin er sich mit noch mehr Mühe revanchiert. Voilà: Ich werde schöner gefickt. Win-win!

Und ist das nicht eigentlich der Gedanke von Weihnachten? Liebe schenken und fühlen? Sich auf das konzentrieren, was wirklich wichtig ist, nämlich die Menschen, die das eigene Leben zu etwas Besonderem machen? Manche in erotischer und manche in anderer Hinsicht, aber sie sind doch das eigentliche Geschenk. Da kann man auch als Erotikautorin mal sentimental und feucht – im Augenwinkel – werden.

Mein Liebster zu Hause teilt meine Begeisterung für Vanillekipferl, Silberflitter, Engelshaar und Tannenzweige übrigens nicht, was auch daran liegen mag, dass ich nach drei, vier Tassen Glühwein gern mal anfange zu reimen, aber ich sag dann immer: Alles ist besser, als wenn ich singen würde!

In diesem Sinne: HO HO HO!

Es blaut die Nacht, die Augen blinken,
Bettfedern leis herniedersinken.
Auf Kevins und auf Wilfrieds Wipfel
pellt sich ein dünner Gummi-Zipfel.

Im Bett da kniet bei Kerzenschimmer
ein liederliches Frauenzimmer.
In dieser schönen Weihnachtsnacht
hat sie's mit beiden Jungs gemacht.
Zum Fest der Liebe stöhnt sie heiser,
auch Wilfried grunzt und schnaubt – nur leiser.
Wer nicht brav war, den trifft die Rute,
die schwingt der Kevin, oh, der Gute!

Yee-haw beim Sperma-Rodeo

Ein Mann an sich ist ja etwas Wunderbares. Da sollten doch, so die simple Rechnung, zwei Männer auf einmal doppelt wunderbar sein. Schorsch, Paul und Sophie – was klingt wie eine neue Countryband, hatte mit Cowboystiefeln nur bedingt etwas zu tun, und vielleicht wäre alles anders gekommen, wenn ich welche angezogen und Kommandos gegeben hätte. Mir aber war, als ich die beiden Jungs an der Hotelbar entdeckte, nach Gänseblümchensex ohne Gerte, nach Streicheln, Züngeln und Vögeln, ganz artig, nur eben zu dritt. Sie überhaupt zu finden war schon ein Glücksfall. Eine Freundin von mir schwört, dass man an der Bar eines Hotels zwar jederzeit jemanden zum Vögeln aufreißen kann, aber eben auch nur einen. »Dreier kriegste nur im Swingerclub«, sagt sie immer, und das finde ich nun wieder gruselig. Obwohl man glauben sollte, dass da die heißesten, lockersten und erfahrensten Männer warten, ist es sehr oft doch wohl das heimische Elend mal x. Vier ungeputzte Bäder statt einem, Männer, die so schnell ran wollen, dass sie an der Bar fast in ihren Drink ejakulieren und die Petting für einen finnischen Brotaufstrich halten. Außerdem nerven Paare, die ihr Elend mit in den Club bringen. Meistens will nur einer und der andere wird mitgeschleppt und sitzt kreuzunglücklich daneben und verbreitet das säuerliche Aroma frustrierter Depression. Was auch gar nicht geht: Paare, die sich beweisen wollen, dass sie cooler und sexier sind als alle anderen Leute in ihrem Freundeskreis. Ich will aber nicht, dass jemand mit mir vögelt, um seiner Frau zu zeigen, wie schön er andere Frauen beglücken kann, ich will jemanden, der mit mir Sex hat, weil er Lust auf mich hat.

Die beiden Männer meiner Countryband stiegen schnell auf die Idee ein, und nachdem wir eine Weile saubeutelnd an der Bar gestanden und schon etwas zaghaft gefummelt und geknutscht hatten, verabredeten wir uns später in der Nacht bei mir zu Hause. Ich zog die kostbaren schwarzen Seidenlaken auf und empfing bestrapst meine beiden Liebhaber.

Da beide Kölner waren und sich auch so anhörten, fiel Dirty Talk für die Aufwärmphase weg. (»Kommens bai misch bai, Liebelein« – da würde ich an den Schnauzbartträger mit der Kochsendung denken und als Nächstes an den Smørrebrød-Koch aus der Muppet Show, und dann hätte meine Libido Feierabend.) Während ich auf Pauls Schoß saß und ihn küsste, kümmerte sich Schorsch um meine Nippel, ein schöner Auftakt. Schließlich lagen wir drei eng verknäult zusammen, was ich obenrum ziemlich heiß und schwitzig fand, fußwärts dafür eisig, denn die Decke reichte nie. Eines der vier Männerknie stieß mir grundsätzlich ins Kreuz, und einmal beim Herumrollen traf mich ein Ellenbogen am Kinn. Schließlich kam ich aber in den Genuss einer Cunnilingus-Busenmassage-Kombi mit Zungenkuss, wunderbar. Und als Paul seinen Schwanz in mich schob und Schorsch meinen Hintern abfingerte, gratulierte ich mir insgeheim, das Gewühl aus Armen und Beinen bewältigt zu haben. Zwischen zwei warmen Körpern liegt es sich schön, da friert man nicht. Dann aber, gerade als die wohligen Wellen sich in mir ausbreiteten, hörte ich, wie Schorsch sich ebenfalls ein Gummi aufpellte, und gleich darauf fühlte ich ihn hart zwischen meinen Backen. Ich tätschelte rückwärts seine Hüfte und vertröstete ihn auf die zweite Runde, denn auf Sandwich-Sex stehe ich gar nicht, legte aber immerhin karitativ Hand an. Das war das Stichwort: Sandwich. Kaum war die letzte orgasmische Zuckung abgeklungen, nuschelte Schorsch in meinen verschwitzten Nacken, ob ich Senf dahätte und Wurst, und Paul übertönte ihn mit einem »Nutella«-Appell. Aus der erhofften zweiten Runde wurde wohl nichts. Ich gab auf und servierte Knäckebrot mit Aprikosenmus, denn etwas anderes hab ich selten zu Hause. Einmal noch leckte Schorsch halbherzig einen Klecks Mus von meinem Busen, dann schlummerte er an Pauls Schulter friedlich ein. Am Ende lag ich frierend am Rand und hatte wieder mal keine Decke, Verzeihung, kein *Plümmo,* wie die beiden es auf der ersten Silbe betont sagen würde.

Ich hätte es besser wissen müssen. Seit Jahren schreibe ich begeistert Orgien-Szenen in meinen Büchern; ich liebe das, denn Gruppensex gehört für mich zu den schärfsten Kopf-Pornos überhaupt. Immer wieder gibt es dabei das Phänomen des »eiskalten Händchens«: Wenn sich zu viele Körper auf den Laken tummeln, schleicht sich manchmal ein Körperteil zu viel ein, und deshalb zählt die jemand nach. Mein Lektor kommentiert dann gern süffisant am Rand »fünf Personen, elf Hände – Atomkraftwerk in der Nähe?« oder auch mal »Vibrator in Monis Muschi geht nicht, da rammelt schon Rüdigers Rüssel« (er hat einen Alliterations-Fetisch). Selbst auf dem Papier ist die Umsetzung dieser Phantasie also schwierig.

Am Ende des tantrischen Traumgespanns Schorsch, Paul und Sophie war ein leergefutterter Kühlschrank und neben pieksenden Krümeln doppelt Spermaflecken im Bett. Herrje, Liebelein, die schönen schwarzen Laken.

Apropos Sperma. Manche Männer sind ja geradezu besessen davon. Und für einige Frauen scheint es fast ein Zaubermittel zu sein. Sperma-Selma, eine

Freundin aus der Uni, war fest davon überzeugt, dass sie ihren aus einer Aknehölle hervorgegangenen Pfirsich-Teint nicht etwa ihrer Pille verdanke, sondern den abendlichen Einstreichungen mit dem Sperma ihres Freundes. Das glaube ich zwar nicht, verstehe allerdings ihre Begeisterung, wenn sie es denn glaubt. Aber woher kommt die Faszination von Männern für ihren Liebesglibber? Wieso wird in Pornos am Ende quer übers Gesicht gespritzt? Was soll das? Wenn ihr Männer das wirklich geil findet, dem Sperma anderer Männer beim Sprotzen zuzusehen, hat das nicht etwas latent Schwules? Auf www.beichthaus.com, wo ich mich gern vom Arbeiten abhalte, stand neulich der Bericht eines Mannes, der sein Sperma in ein Schnapsglas melkt und es seine Freundin auf ex schlucken lässt – was sie tut, anders als beim Blasen, wo sie die Degustation verweigert. Da kriegt der Begriff Cum*shot* eine völlig neue Bedeutung. »Gib mir deinen Saft, ich geb dir meinen«, sangen früher die Fanta4, und ich hoffe bis heute, dass das ein Lied über den Tausch von Capri-Sonne-Tütchen ist.

Auch wir Mädels schätzen unsere Körperflüssigkeiten. Wenn es schön feucht und flutschig in der Mumu zugeht, ist das Ficken gleich noch mal so schön, aber nie, niemals, never ever kämen wir auf die Idee, mit unserem Mösensaft rituell das Gesicht unseres Partners zu verkleistern. Oder es euch auf euren Nippeln verreiben zu lassen. Oder zu verlangen, dass ihr ihm huldigt. Oder euch anzuherrschen: »Schön auflecken, Kleiner, alles weglutschen!« Männer tun das – vor allem in Pornos, aber wenn man Gesprächen mit Freundinnen glauben darf, einige auch im echten Leben. Warum ist das so?

Übrigens dürfte ich das in Frauenzeitschriften nicht thematisieren. Körperflüssigkeiten finden dort nicht statt, die darf es nicht geben. (Ich hatte mal einen Redakteur, der akzeptierte gar keine Flüssigkeiten. Nicht nur Schweiß, Tränen und Pipi waren tabu, sondern auch Schlamm, Abwaschwasser und sonstiger Glibsch, keine Ahnung, welche traumatischen Erfahrungen der in seinem Leben machen musste. Vielleicht hat ihn seine Mutter als Kleinkind gezwungen, Wackelpudding-Catchen anzusehen. Oder er musste selbst dabei auftreten.) Gleichzeitig drucken Tussi-Gazetten begeistert Anzeigen für Damenbinden, als wäre eine Frau undicht wie ein lecker Wasserhahn. Auch wenn in der Werbung der Eindruck entstehen mag: Wir Mädels sind kein überfließendes Sumpfgebiet, das ununterbrochen trockengelegt werden muss. In unseren Schlüpfern ist keine Pfütze, und wir sprudeln auch nicht im Schritt wie eine Cola, in die man Mentos geworfen hat (schaut's euch auf YouTube an, but don't try this at home!).

Muschi-Sekret ist für euch Männer etwas sehr Praktisches. Wie die grüne Ampel an der Kreuzung. Wenn wir scharf werden, werden wir feucht, so simpel sieht's aus. Wird es nass in der Möse, dürft ihr rein! Trockenbohrungen sind ungeil bis schmerzhaft – sorgt also dafür, dass es ordentlich flutschig zugeht. Notfalls nehmt Gleitgel, der Kavalier und Könner leckt.

Wie Sperma-Selma zu ihrer abendlichen Akne-Behandlungs-Portion gekommen ist, hat sie leider nicht erzählt. (»Schatzi, guck schnell Pornos, ich krieg hier gerade einen Pickel!«) Ich persönlich glaube ja, dass viel Sex und viele eigene Orgasmen immer noch das Gesündeste und Erholsamste für Körper und Seele sind. Deshalb weckte ich meine beiden selig schlummernden Kölner und ließ doch noch die Sporen klirren. Yee-haw!

Das Lysistrata-Prinzip

Das Private ist politisch, hieß es bei den Achtundsechzigern, und konsequent schloss diese Formel auch das Sexuelle ein. An dieser Stelle habe ich immer vehement widersprochen und tue es noch. Was im Bett passiert, hat mit Politik überhaupt nichts zu tun. Ob ich mich gern in der Hündchenstellung ficken lasse, es genieße, vor einem Mann zu knien und ihm einen zu blasen, ob ich gepeitscht werden möchte, ein Stacheldraht-Halsband trage oder passiv wie eine Rinderlende beim Filetieren daliege – das ist Privatsache und lässt niemanden auch nur annähernd erraten, welche Partei ich wähle. Die Frage ist nur, wem ich davon erzähle. Solange ich mein Sexleben erregend und beglückend finde, ist es auch emanzipiert, selbst wenn es unterwürfig oder uncool aussieht. Und es wäre ausgesprochen dämlich, auf ein sexuelles Vergnügen zu verzichten, nur weil irgendjemand an meiner erotischen Phantasie und deren Umsetzung Anstoß nehmen und sie politisch unkorrekt finden könnte. *Wie* man sich also nackt aneinanderschubbert, welche Körperöffnungen man womit bespielt oder wie man sich dabei aufführt, ob man bellt oder winselt, Befehle erteilt oder stumm und ruppig zur Sache geht, enthält keine politische Aussage.

Mit *wem* man es tut, allerdings schon.

Als jüngst die große Belästigungsdebatte über uns hereintwitterte, erinnerte ich mich an einen Comic von Ralf König, der auf einem antiken Stoff basiert: *Lysistrata* erzählt die Geschichte der Heldinnen, die mit Sexverweigerung ihre Männer zwingen, den Krieg zu beenden. Der großartige Comic ist nicht nur ein weiterer Beweis für das Genie von Ralf König, vor dem ich mich ehrfürchtig verneige, sondern auch ein antikes Beispiel für Pussypower. Prinzip: Sperrzone Slip, maulige Mumu und Hintertür heute geschlossen.

Verweigerung kann ein wirksames Mittel sein, um seine Ziele durchzusetzen, und beim Umgang mit Machos, misogynen Freaks und selbstherrlichen Alphamännchen empfehle ich sie wärmstens. Denn Männer können noch so sehr über die Minderwertigkeit von Frauen schwadronieren, scharf auf die Möse sind sie doch. Also packe man sie dort, wo sie am empfindlichsten sind, am Schwanz und an den Klöten.

Dummdreistes Machogehabe? Kein Eintritt ins Mumu-Land. Und als Folge dieses Intimzonen-Embargos gibt es weder Spaß noch Fortpflanzung.

Die Lösung ist also ganz einfach: nicht mehr mit Machos schlafen und keine mehr im Freundeskreis dulden. Reden bringt nichts, da labert man sich den Mund fusselig, und den verwende ich lieber dazu, einem netten Mann die Eichel zu lutschen. Im Prinzip schwebt mir natürliche Selektion vor. Aussortieren statt argumentieren.

Das Schöne an diesem System: Uns Frauen verlangt es nicht viel ab. Göttinseidank sind ja auch genug gute Männer mit einwandfreier Gesinnung dort draußen, von denen man sich weiterhin beglücken lassen kann. Vielleicht haben wir sie bisher zu wenig beachtet, weil sie nicht so laut herumschreien wie die Alphamännchen, weil sie eher schüchtern sind, Brillen tragen oder lieber lesen, statt im Sportstudio Hanteln zu stemmen. Gute Nachricht, brave Jungs: Ab heute steht ihr auf der Speisekarte! Wir emanzipieren Darwin, und die Bad Boys müssen allein ins Bett. Da dürfen sie dann mit dem spielen, den sie sowieso am interessantesten finden: sich selbst.

Verweigern kann man sich nicht nur sexuell, sondern bei allem, was den eigenen Werten entgegensteht. Einfach nicht mitmachen.

Ich erwarte zum Beispiel nicht, dass die Kirche plötzlich schwulenfreundlich wird, Frauen gleichberechtigt behandelt oder Kondome akzeptiert. Warum sollte sie das tun? Das ist eine Sekte mit irrationalen Dogmen, die wird nicht plötzlich vernünftig oder zeitgemäß. Wer glaubt, dass der Gott, der durch das Ohr einer Jungfrau gezeugt wurde, nach seinem Tod in einem Stück Brot wiedergeboren wird, und zwar jeden Samstagabend punkt sechs in der Messe, der glaubt auch, dass Homosexuelle des Teufels sind, dass man die Pimmelchen von kleinen Jungs beschneiden muss oder dass es Männern guttut, sich täglich mit kaltem Wasser zu übergießen, statt einfach mal in Frieden Hand anzulegen oder sein Glück in einer warmen, feuchten Pussy zu suchen. Von der Kirche erwarte ich keinerlei Anpassung oder Entgegenkommen, der Papst soll von mir aus das knirschende Leder seiner roten Schuhe genießen (ich wette, viele in dieser sündigen Community teilen diese Begeisterung) und glauben, dass die Frau dem Manne untertan sei.

Was ich mir aber wünsche, ist, dass jeder vernünftig denkende, aufgeklärte, moralisch integre Mensch aus diesem Verein austritt und sich davon distanziert. Und man erzähle mir nicht, das könne man trennen. Man kann nicht auf der einen Seite frei und liberal leben und vögeln und auf der anderen eine Organisation unterstützen, die Sex immer noch ausschließlich für fortpflanzungsrelevant hält. Ich rede hier nicht nur vom Christentum, sondern von praktisch allen Kirchen, denn egal, worum es sonst geht, bei der Behandlung von Frauen und der Einstellung zu Sexualität sind sich seltsamerweise alle einig: Das eine ist böse und das andere ein Geschenk des Satans. Jammerbarde Xavier Naidoo und andere penetrante Christen gehen mir genauso aufs Gemüt wie Burkaträgerinnen und ihre bärtigen Bestimmer oder israelische Ultraorthodoxe, die möchten, dass Frauen eigene Busse benutzen.

Schlimm finde ich die Männer, die dumme Kommentare machen, glotzen, grapschen und sich dabei supi finden; noch schlimmer finde ich die Frauen, die in diesem System mitschwimmen und im Grunde glauben, dass es anderen Frauen verdient schlechter geht als ihnen selbst. Das reicht von »Musste die denn auch so einen kurzen Rock tragen?« über »Ich hatte nur Vorteile, wenn ich die einzige Frau im Büro war« bis zur Ablehnung der Frauenquote. Wo bitte wären die Farbigen Amerikas heute ohne Quote beziehungsweise Affirmative Action? Immer noch auf den Plantagen. Oder allesamt in Ghettos. Jedenfalls nicht in Aufsichtsräten. Dafür waren sie nie zu dumm oder zu unwillig, sondern die Weißen hatten sie niemals auf Bürostühle und Chefposten gelassen. Was soll also das Horrorszenario von Unmengen unfähiger Weibchen, die demnächst am Konferenztisch sitzen und keinerlei Qualifikation außer ihren Eierstöcken haben? Die meisten HochschulabsolventInnen in diesem Land sind Frauen. Man muss die qualifizierten Frauen nicht erst im Labor heranzüchten, die sind schon da. Und arbeiten. Zum Beispiel unter Ihnen.

Das Argument ist stets: Eine starke Frau schafft es auch ohne Quote, und kann sich gegen sabbernde Altherrenwitze wehren. Ja, können kann ich das schon. Klar kann ich das, und ich würde niemandem raten, mir ungefragt an den Hintern zu fassen – tatsächlich ist in all den Jahren, die ich für Männermagazine, Sexportale und Swingerzeitschriften gearbeitet habe, kein einziger Übergriff passiert, und käme einer, würde ich das ratzfatz abstellen –, aber es geht nicht darum, was ich *könnte*. Gleichberechtigung hieße, gar nicht erst in die Lage zu kommen. Als Erwachsene erlebte ich selten sexistische Situationen. Dass einmal eine Gruppe Männer in einem Straßencafé applaudierte, als ich mühelos in eine winzige Lücke einparkte, nehme ich mal gelassen. Aber als Teenager passierte es durchaus. Ich erinnere mich an einen Journalismus-Workshop, den ich in einer Jugendherberge mitmachte. Am Ende des mehrtägigen Seminars rief der Leiter alle Schülerinnen (es nahmen ausschließlich Mädchen teil) einzeln in sein Zimmer, um ihre Aussichten auf dem Arbeitsmarkt zu kommentieren. Da lag er dann mit weit gespreizten Beinen in einer bunten, hautengen Legging auf seinem Bett, musterte mich von oben bis unten und kam zu dem Urteil: »Fachlich alles okay, du kannst dir jeden Bereich aussuchen, aber ich persönlich würde mit dir nicht arbeiten wollen, du bist mir nämlich viel zu prüde.« Das klingt gar nicht so schlimm, aber ich war fünfzehn und Jungfrau, und das Gefühl, dass mit mir etwas nicht stimmt, hat mich noch ein paar Jahre begleitet. Sexistische Lehrer, die mit Kommentaren um sich warfen, dass Mädchen Mathe ja doch nicht verstehen (bei mir traf das leider zu) und keine höhere Bildung brauchen, weil sie später eh heiraten, gab es in Mengen. Auch welche, die sich über Outfit oder Busengröße äußerten. Und dann war da mein erster Freund, der den Feminismus für eine neue Form freudianischer Hysterie hielt, die sich mit dem Kinderkriegen auswächst. Bei ihm war mir sehr früh klar: Mit dem schlafe ich nicht. Obwohl ich neugierig war und die Gelegenheit gern ergriffen hätte. Hab ich aber nicht. Das freut mich noch heute.

Sexismus trifft aber nicht nur uns Mädels. Ein Freund von mir, der ebenso superintelligent wie ein technischer Vollpfosten ist, traut sich zum Beispiel nie, einen Tankwart zu bitten, ihm das Wischwasser nachzufüllen oder einen neuen Scheibenwischer anzubringen. Er fürchtet, sich einen dummen Spruch einzufangen.

Ich finde, wir sollten uns endlich von den Vorstellungen verabschieden, wie Frauen und Männer zu sein haben, wie Sex zu sein hat, und einfach zu sehen, wie sie sind, wie er ist und ob sich das gut anfühlt, egal, was die Illustrierten, die Kirche oder die eigenen Eltern dazu sagen.

»Ab wann ist ein Flirt Belästigung?«, fragt sich die Bildzeitung, das Fachblatt für emanzipatorische Egalität, und zeigt damit schon in der Überschrift, dass sie das Problem wieder mal gar nicht verstanden hat. Ein Flirt ist keine Belästigung. Streicheleinheiten sind ja auch keine Schläge. Belästigung ist eine ganz andere Kategorie von, na, sagen wir mal Zuwendung. Bei einem Flirt möchte man, dass das Objekt der Begierde sich gut fühlt und einen selbst attraktiv findet. Bei Belästigung zeigt man einem anderen, wo der Hammer hängt, dass man mehr Macht hat und dass die Gefühle des Unterlegenen nichts zählen.

Wie absurd die Argumentation von Belästigern und ihren Helfern ist, wird immer dann deutlich, wenn man es mal umdreht. Beispiel Dekolleté. Der männliche Azubi wurde von einem schwulen Außendienstmitarbeiter (oder wahlweise von der resoluten Chefin) in der Teeküche bedrängt? Kein Wunder, was muss der denn auch so eng sitzende Hosen tragen! Das provoziert einen doch! Da kann man nur fordern: Burka für alle und strikte Geschlechtertrennung, am besten auf verschiedene Planeten, dann fühlt sich niemand mehr übermäßig stimuliert.

Die einzige Möglichkeit, auf Übergriffe zu reagieren: sich nichts bieten zu lassen. Niemals. Von keinem. Sex wird immer wieder eingesetzt als Mittel, um mehr Geld, mehr Macht oder was auch immer zu bekommen.

Man könnte ihn auch mal für etwas moralisch Integres einsetzen. Indem wir Mädels einfach nur noch die Männer ranlassen, die uns gut behandeln. Im Bett und außerhalb.

Lysistrata ist meine Heldin der Woche. Sie hat die einzig logische Konsequenz gezogen. Paarung ausschließlich auf Augenhöhe (es sei denn, der Typ kniet und leckt uns die Muschi).

Weg mit den unsensiblen, grapschenden Tentakeltypen und her mit den Netten. Und mit denen gönnen wir uns dann lauter Dinge, die total unemanzipiert aussehen.

Welt-Muschi-Tag oder: Achtung, Klitoris voraus!

Als die Titanic am Eisberg entlangschrammte und das Schiff daraufhin versank, gab es dafür zwei Gründe: Erstens wusste man nicht so genau, dass dort ein gewaltiger Eisberg lag, denn nur ein Siebtel davon war über Wasser zu erkennen. Man dachte wohl, so wichtig wird das Ding schon nicht sein. Und zweitens war die Geschwindigkeit zu hoch.

Ist es ein Wunder, dass ich neulich Nacht an diese grandiose Katastrophe denken musste, als ich Jörg abschleppte und in mein Bett ließ, der volle Fahrt aufnahm und mangels Sachkenntnis an meiner Klitoris und ihren Bedürfnissen zerschellte und die Lust gegen die Wand fuhr? Dabei hatte ich ihn nur deshalb aufgegabelt, weil sein Vorname mich an meine Teeniezeit in den Achtzigern erinnerte und ich jetzt, wo ich mit Riesenschritten auf die zweiundvierzig zugehe, offenbar leicht sentimental werde. Jörg und meine Klitoris, das war der Kampf zwischen Kapitän und Eisberg, aber diesmal verlor leider der Berg.

Wie beim weißen Riesen ist auch von der Klitoris nur ein kleiner Teil zu sehen, nämlich etwa ein Zehntel: der Schaft und die Wunder-Erbse, der Lustknubbel, der Ekstase-Hotspot, der unter der Klitorisvorhaut geschützt daliegt und auf Huldigung wartet. (Ich erinnere mich an ein Interview, das eine blutjunge Journalistin mit den Worten eröffnete: »Hallo, Frau Andresky, ich hab übrigens meine Klitoris piercen lassen.« Glücklicherweise hat sie mich nicht gefragt, ob ich das vielleicht mal kichernd auf der Damentoilette besichtigen will. Silikonbrüste, die ich dagegen zu gern mal angrabbeln würde, wurden mir ebenfalls noch nie angeboten.) Zurück zum Berg der Lust: Dass es, im Körper verborgen, einen ganzen Organ-Kontinent gibt, hat Helen O'Connell erst 1998 entdeckt. Und, nein, ein Kitzler ist kein nach innen gestülpter Penis, wie ich es noch im Sexualkundeunterricht gelernt habe, Mädels sind keine auf links gekrempelten Jungen und deswegen manchmal so verdreht. Wir Frauen haben mit der Klitoris ein völlig eigenes Körperteil, das ihr nicht habt, ätsch, und das ist ausschließlich für Spaß und Party da, für nix anderes, ein reines Lust-Feature.

So gesehen ist das Frau-Sein wunderbar.

Und deshalb ist es angebracht, dieses Frau-Sein am Weltfrauentag gebührend zu feiern, also überlasse ich die politischen Mahnungen, feministischen Kritiken, sozialökonomischen Forderungen und akademischen Analysen anderen und rufe an diesem Tag feucht-fröhlich den Welt-Muschitag aus.

Die Renaissance gilt als die Entdeckungs-Ära der Klitoris; die Angst vor der Sexualität der Frauen, die so geheimnisvoll, mächtig, unbeherrschbar und unerklärlich erschien, ist viel älter. Hexenverbrennung, Zwangs-Nonnisierung oder -Verheiratung, Beschneidung ... die Liste, mit der man versucht und versucht hat, dem unheimlichen Treiben zwischen den Frauenschenkeln Einhalt zu gebieten, ist lang. Die weibliche Sexualität wurde drangsaliert, lächerlich gemacht und unter Strafe gestellt. Abwechselnd wurde sie als nicht existent oder Werk des Teufels diffamiert.

Ich kann verstehen, dass Jungs neidisch darauf sind – immerhin können Frauen mehrmals hintereinander kommen, und anders als beim Mann, der nach dem Vögeln wie narkotisiert ist, drehen wir Frauen auf, haben neue Energie und reden noch mehr, noch schneller und ohne Punkt und Komma. Ich habe nie verstanden, wieso manche Menschen masturbieren zum Einschlafen. Ich bin nach einem Orgasmus hellwach. Wenn ich am Laptop sitze, mich mit einem Kapitel oder einer Reportage quäle, mir nichts mehr einfällt und mich auch lustige Waschbärenfilme auf YouTube oder Flechtfrisuren auf Pinterest nicht mehr revitalisieren, dann switche ich rüber zu YouPorn, suche mir ein schönes Fingerfuck-Video, wo sich gut gelaunte, nette Amateure gegenseitig abgriffeln oder mit Vibratoren ficken, und rubbel mir eine Lawine von der Klippe. Hinterher fluppt die Arbeit wieder, die Laune ist gut und die Konzentration hoch, als wäre ich eine halbe Stunde um den Block gelatscht – was sportlicher wäre, aber das ist ein anderes Thema. Masturbation wird wohl nie olympische Sportart werden, obwohl die Live-Übertragung viel spannender wäre, als bulgarische Golems beim Hammerwerfen zu beobachten.

Beim Sex mit Partner/n ist es übrigens besonders nett, wenn die Klitoris unterschiedliche Aufmerksamkeit erfährt. Ich liebe die erste Runde in zarter Gänseblümchenmanier. Nur leicht antippen, ein bisschen kreisen, gern auch lecken, alles ganz sachte. Nach dem Orgasmus kommt eine nirvanaähnliche Phase des Wohlbehagens, die abklingen muss, bevor der Mann ins Koma fällt. Vielleicht reden Frauen auch nur deshalb so viel nach dem Sex – mein derzeitiger Freund nennt das den Gülcan-Modus, benannt nach der VIVA-Quasselstrippe –, um ihren Partner wach zu halten. Sie könnten ihm allerdings auch rhythmisch auf den Kopf klopfen, das wäre genauso effektiv, und er würde sich an ähnlich viel erinnern. Nach dieser Entspannung darf es gern ein bisschen ruppiger weitergehen: Pressen mit dem Handballen, zackiges Rubbeln oder, falls er nochmals oral zu Werke gehen möchte, vorsichtiges Saugen. Dann klappt's auch mit dem zweiten großen Oohhh.

Ich habe mal gelesen, dass Männer, die eigentlich nach einem Orgasmus keine neue Erektion bekommen können, plötzlich doch wieder einen Ständer haben, wenn man ihnen eine andere Frau ins Bett legt. Also bei mir darf es gern derselbe Mann sein, nur sollte er halt nicht immer wieder dasselbe machen, sondern sich dramaturgisch steigern (lieber an der Dramaturgie von *Hamlet* orientieren als an der von *Warten auf Godot* ...). Aber woher soll er das wissen? Männer empfinden Sex anders als Frauen, und man kann es nicht oft genug im Fragen-Sie-Frau-Erna-Ton sagen: Reden hilft. Einfach mal dem Partner erzählen, wie sich dieses und jenes anfühlt. Gespräche über Sex erfüllen gleich zwei Grundbedürfnisse: Die Männer freuen sich, dass es um Sex geht, und die Frauen, dass der Mann ihnen beim Plaudern aufmerksam zuhört. Win-win.

Nicht nur Männer sind von weiblicher Sexualität manchmal irritiert, auch Frauen selbst wissen zuweilen nicht so recht, was sie davon zu halten haben. Das geht von der Freundin, die mir neulich allen Ernstes erzählte, sie habe mit dem Thema Sex seit Langem abgeschlossen (sie ist Ende dreißig!), bis zu der Bekannten, die, sobald das Thema auf Lust kommt, eine feministische Gender-Theorie nach der anderen referiert und sich wundert, dass das bei ihren One-Night-Stands nicht so supi ankommt.

Bizarr ist: Auf der einen Seite wollen Frauen mehr sein als nur eine Muschi mit Person drum herum, aber wenn feministische Künstlerinnen sich mit dem Frausein beschäftigen, kommt dabei ganz oft Muschikunst heraus, als wäre das Genital das Einzige, was an uns spannend ist. Da nehme ich mich gar nicht aus. Das Thema lautet Weltfrauentag, und was fällt mir ein? Muschis. Ich denke an Judy Chicagos *Dinner Party*, auf der für unterschiedliche berühmte Frauen jeweils ein Vagina-Gedeck aufgelegt wurde. (Diese legendäre Installation habe ich ganz zufällig im Museum in Brooklyn gesehen, und übrigens – das nur am Rande – ist New York für Touristinnen eine sexfeindliche Stadt: Es ist einfach zu viel los. Nach diesem Urlaub habe ich verstanden, wieso Flitterwochen eher auf den Malediven stattfinden, wo es außer Sand, Sand und Sand praktisch nichts gibt. Da konzentriert man sich beim Sightseeing automatisch auf den Bereich zwischen Kniekehle und Hals, in New York hingegen gibt es einen optischen Overkill, und alles liegt immer zu weit weg vom Hotelbett. Abends kommt man nach Hause und will nur noch abschalten, und morgens lockt die Riesenstadt sirenenartig mit ihren Verlockungen, das wirft einen gleich wieder aus dem Bett. Nie hatte ich so wenig Urlaubs-Sex wie in New York. Kein Wunder, dass man das dann mit Fudge-Peanutbutter-Chocochip-Muffins kompensiert und am Ende des Trips nicht mehr in die Röhrenjeans passt.)

Wir haben mit uns und unserer Mumu also genug zu tun, deshalb ist der berühmte Penisneid auch totaler Schwachsinn. Vielleicht hatte sich Freud an dem Tag eine Extraportion Koks gegönnt, er hielt das ja für eine Supersache, um sich besser zu konzentrieren. Ein Penis mag praktisch sein, und ich schätze ihn sehr, wenn er ein gutes Format hat (nach meinem Geschmack gern mittellang, gerade, nicht zu dick) und sich rhythmisch in mir bewegt, aber haben möchte ich trotzdem keinen. Einen einzelnen Tag lang wäre ich schon gern mal ein Mann, um es auszuprobieren. Ich würde breitbeinig in der U-Bahn sitzen, endlich bequeme Schuhe tragen, müsste nicht von der Kassiererin bis zur Nachbarin jeden anlächeln, meine Frisur wäre mir egal und die Fältchen um die Augen auch. Dann würde ich mir schön einen von der Palme wedeln, nachts durch dunkle Straßen laufen ohne Angst vor Vergewaltigern, einen Riesendöner vertilgen und mir einen blasen lassen. Zu Hause würfe ich mich ins Bett ohne Nachtcreme und ohne kritischen Blick in den Spiegel, und fände mich großartig. Selig schlummerte ich innerhalb von zwei Minuten ein, schnarchte wie ein asthmatisches Walross und wäre zutiefst überzeugt davon, ein Geschenk für die Menschheit zu sein.

Machen wir uns nichts vor: Männer haben nach wie vor Privilegien. Gleichberechtigt sind die Geschlechter nicht. Auch nicht sexuell. Solange Frau-Sein auch immer bedeutet, potenzielle Ware zu sein, sind die Rollen von passivem Objekt und handelndem Subjekt klar verteilt. Solange es unfreie Huren gibt und Freier und sich beide Geschlechter strikt getrennt nur in diesen Rollen wiederfinden, ist es noch ein weiter Weg. (Ich bin nicht generell gegen Prostitution, aber es wäre schön, wenn nicht immer Männer die mit dem Geld und Frauen die mit den Strapsen wären.)

Übrigens glaube ich fest daran, dass an den festzementierten Frauenbildern, die es nach wie vor gibt – die aufopferungsvolle, asexuelle Über-Mom, die sittenlose Hure, das Dummchen mit dem Sexpuppen-Blick –, neben der Kirche auch die Nazis schuld sind. Ja, auch daran. Sieht man sich alte Hollywood-Filme aus den Dreißigern an (die ich liebe!), dann sieht man da oft erstaunlich emanzipierte, toughe Frauen, die mehr im Kopf haben, als sich einen Ehemann zu angeln. Das asexuelle Doris-Day-Phänomen, das sich bis in die heutigen Telenovelas fortsetzt, kam erst in den Fünfzigern auf, als die Frauen ihre Arbeitsplätze für die heimkehrenden Männer frei räumten und sich an den Herd zurückzogen.

Es ist schon wieder eine ganze Weile her, dass Nina Hagen in einer Talkshow für die Anerkennung weiblicher Sexualität eintrat und live demonstrierte, wie frau effektiv an sich herumrubbelt. Und obwohl dieser legendäre Skandal bereits in den Siebzigern stattfand, bekommt selbst heute unsere tolle Frauenfußball-Frauschaft höchstens Werbeverträge mit Camelia.

Weil Frauen ja ständig tropfen und trockengelegt, gewaschen, gepflegt und optimiert werden müssen. Es bleibt dabei: Frauen sind irgendwie suspekt und im Zweifelsfalls auch irgendwie unappetitlich.

Ein Gleitgel macht neuerdings perfide Werbung mit »gepflegtem Sex«. Wer es also nicht benutzt, fickt ungepflegt, dreckig, abstoßend? Wetten, dass das wieder viele Frauen kaufen, weil es so wunderbar zu ihren Komplexen passt?

Was bitte ist »gepflegter Sex«? Ein gepflegtes Glas Wein ist mir schon suspekt, aber Sex? Ist guter Sex nicht immer ein bisschen dreckig, roh, verdorben und schmutzig? Und gibt es nicht schönere und gesündere Dinge, die wir mit unserer Mumu machen können, als sie mit Chemie einzuschmieren, die keiner braucht? Sie feucht und sexuell aktiv halten, zum Beispiel. Ist die Muschi feucht, freut sich der Mensch. Happy Wife, happy Life.

Auch das ist keine neue Idee. Bei traditionellen jüdischen Hochzeiten schwört der Mann der Frau unter anderem, sie sexuell stets zu beglücken. Und schon in der mythischen Kabbala-Lehre wird auf die fließenden Säfte hingewiesen, für die man(n) vor dem Sex zu sorgen hat.

Ich bin da ja immer für weniger diskutieren, definieren und theoretisieren und mehr für lecken, schlabbern und schlürfen. Dafür sind Mund und Zunge schließlich da.

Und wenn am Weltfrauentag ein paar Frauen einen Orgasmus haben, die sonst eher spärlich damit beschenkt werden, ist das in meinen Augen mehr wert als eine Plakat-Aktion für irgendwas.

Also, Mädels, malt euren Partnern notfalls eine Seekarte.

Und dann Klitoris voraus!

Plus 19 Prozent Mehrwertsteuer oder: Babybad mit Spüli

Ich traf ihn in der Hotelbar, und ich habe keine Ahnung, wie er wirklich heißt. Auf der Seite der Agentur lief er unter *Sammy*, und ich dachte leicht peinlich berührt: Das ist ja ein richtiger Nutten-Name. Er sei sanft und kultiviert, stand da, vielseitig und erfahren. Das stimmte, und trotzdem ist Sammy bis heute meine erste und einzige Callboy-Erfahrung und auch noch eine, die am Tresen schon endete.

Vielleicht ist meine lebenslustige Oma daran schuld, dass ich es überhaupt probierte. Denn Oma kannte sie noch, die Tanztees mit Gigolos, und berichtete öfter mit glänzenden Augen von den »Herren Eintänzern«, die den Damen auf dem Parkett zur Verfügung standen. Das klang immer so, als sei es nicht beim Cha-Cha-Cha geblieben. Daran dachte ich jedenfalls, als ich allein und gelangweilt in einer fremden Stadt im Hotelzimmer saß und überlegte, ob ich den Pornokanal anwählen und mir nette zehn Minuten mit einem neuen Spielzeug machen wollte. Aus der Lobby hatte ich verschiedene Broschüren mitgenommen, und in einem dieser Heftchen fand ich die Internetadresse der Callboy-Agentur. Berufliche Recherche, sagte ich mir zunächst, dann gestand ich mir ein, dass es Neugier war und die Lust auf eine Grenzerfahrung.

Die erste bestand darin, zu formulieren, was ich eigentlich möchte. Der Wunsch-Mann war schnell beisammen: glatt rasiert, komplett körperenthaart, mani- und pedikürt, mittelgroß, nicht zu viele Muskeln und bitte mit Hals (bei manchen Männern gehen Hals und Kopf wie bei einem großen Korken ineinander über; ein besonders unerfreulicher Exfreund sah so aus, seitdem bestehe ich auf einer Verschmälerung unterhalb der Ohren – klarer Fall von Beuteschema durch Beziehungstrauma).

Schwieriger wurde es bei den bevorzugten Praktiken, denn ob man miteinander in die Wanne steigt, es im Stehen an der Fensterscheibe treibt oder im Dunkeln unter der Bettdecke, das wird vorher abgesprochen. »Ich möchte jemanden, der Petting wirklich beherrscht«, hörte ich mich der netten Dame am Telefon erklären. Denn Petting ist mitnichten eine Anfängerpraktik, ein guter Fingerfuck gehört zu den Meisterleistungen. Außerdem wünschte ich mir, gut und ausgiebig geleckt zu werden. Die Dame: »Mit Penetration?« »Ja!« »Mit Fingern oder Spielzeug?« »Ja und ja!« Allmählich fing die Sache an, mich heiß zu machen. Ich gehöre nicht zu denen, die dem Filterkaffee und »draußen nur Kännchen« nachtrauern, ich mag meinen Doubleshot iced Mocha Latte low Fat tall to go – ich wähle gern aus.

Ich kam in Fahrt, eine Öl-Massage sollte noch her, vögeln natürlich, a tergo, vielleicht der nie probierte Anilingus und warum nicht mal etwas Akrobatischeres. Auf den Ischiasnerv eines Callboys muss ich keine Rücksicht nehmen, der wird trainiert genug sein, um eine komplizierte Hebefigur zu halten, ohne dass ihm die Bandscheibe rausspringt oder seine Plattfüße stören. Also etwas aus dem Kamasutra.

Dann die Frage nach der Zeit. Ich überlegte. Massagen fangen an, mich nach etwa anderthalb Stunden zu nerven. Beim Sex müssten also mit Ruhepausen drei Stunden okay sein. Dafür bekam ich das Midnight-Special, super, ein geiler Fick und ein Schnäppchen – wer da als Frau nicht heiß wird …

Eine knappe Stunde später schwang er sich neben mir auf den Barhocker. Er war kleiner, als er auf dem Foto aussah, auch ein bisschen älter um die Augen herum. Sein Aftershave erinnerte mich an einen Duft aus meiner Kindheit, und sein Jackett hatte schon bessere Tage gesehen. Ich hätte ihn gern geküsst, denn erstens wollte ich wissen, ob er küssen konnte, bevor er meine Kreditkarte durch sein Lesegerät zog, und zweitens wollte ich auf jeden Fall Small Talk unterbinden. Ich hasse Small Talk. Ob beim Friseur oder bei der Maniküre: Jeder schwatzt und quatscht, als wäre die Kundin eine Warze, die man wegsprechen muss. Es ist schwer genug, einen Mann zu finden, der super fickt; einer, der dazu noch witzig ist und etwas Interessantes zu erzählen hat, kommt einem Sechser im Lotto gleich. Ich jedenfalls habe mehr Männer verlassen, weil sie mich senkrecht gelangweilt haben als waagerecht. Aber dann musste ich mich doch mit ihm unterhalten, denn Sammy, das fiel mir rechtzeitig ein, hatte in seinem Profil geschrieben, dass sein Mund den Kundinnen grundsätzlich nur nabelabwärts zur Verfügung steht. Damit nahm das Verhängnis seinen Lauf. Mit einem einzigen Satz.

»Möchte deine Freundin nicht, dass du beruflich küsst?« *Bamm*. Bolzenschuss direkt ins Lustzentrum. Aus dem Stricher, dem Toyboy, dem lebendigen Dildo, dem anonymen Freudenspender wurde eine Person, ein realer Mann. Einer, bei dem ich mich fragte, ob er mich attraktiv findet, ob er Kundinnen verachtet, ob wir miteinander schlafen würden, wenn das hier keine berufliche Transaktion wäre, ob seine Freundin Bescheid weiß, ob er in Wirklichkeit nicht doch schwul ist und diesen Job nur macht, weil er Frauen sowieso nicht mag, ob er Viagra einwerfen muss, um seine Dienstleistung anbieten zu können, wie er da reingerutscht ist, was seine Eltern dazu sagen, und womit er sein Geld verdienen will, wenn er mal nicht mehr so knackig ist. Damit war die Sache für mich durch.

Ich bin offenbar nicht halb so abgeklärt, wie ich gedacht hatte.

Dabei hat ein Mietmann doch einige Vorteile gegenüber einem One-Night-Stand:

Er beherrscht sämtliche sexuellen Techniken hervorragend und ausdauernd, er verhandelt nicht wegen der Kondome und ist körperlich eins a in Schuss. Er geht direkt nach dem Sex, bleibt nicht zum Frühstück und erwartet nicht, dass man ihn anruft. Das Date ist risikoarm, der Gigolo wird sich nicht vergreifen, und er wird sich garantiert um die Befriedigung der Frau kümmern. Man kann mit ihm Dinge machen, die einem mit einem Bekannten oder Partner peinlich sind oder die der ablehnt beziehungsweise nicht schafft. Man kann als Kundin hemmungslos egoistisch sein und sich so bedienen lassen, wie man es gern möchte, ohne Kompromisse oder Rücksicht.

Aber all das bringt mich nicht weiter. Ich will keinen Lover to go. Nicht so. In einem cleanen und luxuriösen Spa einen kleinen Knopf unter der Liege zu drücken, wenn die Massage besonders schön ist, und damit ein Happy End spontan dazuzubuchen, kann ich mir immer noch vorstellen, aber nicht so ein Fake-Date mit Vorabüberweisung.

In der sehr witzigen US-Serie *Hung* über einen Highschool-Lehrer, der in Ermangelung anderer Talente anfängt, als Callboy zu arbeiten, hatten die Frauen nie

Skrupel. Und aus guten Büchern wie *Lass dich verwöhnen. Prostitution in Deutschland* von Tamara Domentat, *Abenteuer Hure* von Felix Ihlefeldt, *Ich bezahle für Sex* von Chester Brown, aus Workshops und Konferenzen und letztlich aus Gesprächen mit Prostituierten und dem Abend mit Sammy an der Bar weiß ich, dass es zwischen Zwangs-Straßenstrich und Edel-Escort wirklich alles gibt – die ganze Bandbreite, von dem bedauernswerten, gefallenen Lutsch-Luder bis zur selbst ernannten Herrin der Lüste, die ihr Business genießt.

Ich bin seit fast zwanzig Jahren Erotikautorin und habe noch nie eine Kolumne über Prostitution geschrieben. Warum nicht? Eine Kolumne besteht darin, dass man eine Meinung hat und diese ausführt. Aber egal, wie ich es drehe und wende: Ich komme zu keiner Position. Meine Haltung zur Prostitution ist und bleibt ambivalent. Ein ständiges Ja-aber, Obwohl und Sowohl-als-auch.

Prostituierte, die mit Behinderten Sex haben, finde ich zum Beispiel philanthropisch bis altruistisch, also rundherum gut. Ich bin der Meinung, die Krankenkasse sollte für solche Besuche zahlen (in welchem Rahmen, das müsste man dann aushandeln), denn jeder hat ein Recht auf sexuelle Erfüllung, sofern es niemand anderem schadet oder ihn spürbar belästigt. Sex ist gesund und sorgt für ausgeglichene Laune.

Aber ist das gerecht gesunden Menschen gegenüber? Hat der Mann mit Downsyndrom oder die Frau mit amputierten Armen mehr Recht auf eine Prostituierte als der hässliche Nachbar oder die schüchterne Kollegin, die einfach keine Sexpartner aufgegabelt kriegen? Muss man behindert sein, um moralischen Mietsex haben zu dürfen?

Würde ich von einer Freundin erfahren, dass sie als Prostituierte arbeitet, wäre ich selbstverständlich gern weiter ihre Freundin. Würde mir aber ein Freund verraten, dass er eine ebensolche engagiert, müsste ich zukünftig an eine große mutierte Kakerlake denken, wenn ich ihn ansehe. Prostituierte sollten ihren Job frei und ohne gesetzliche Repressalien ausüben dürfen. Ich fände es auch richtig, wenn Huren Mehrwertsteuer nehmen, eine ordentliche Altersvorsorge hätten, Reizwäsche von der Steuer absetzen und eine Berufsunfähigkeits-Versicherung abschließen könnten. Natürlich sollte die Berufstätigkeit der Huren niemals und in keinem Aspekt strafbar sein. Bei der Frage, ob man Freier bestrafen soll, bin ich dagegen viel eher bereit zu nicken.

Das ist bigott, ich weiß, und ich kann es selbst nicht fassen, dass ich zu keinem Ergebnis komme, das mir für alle gerecht und richtig erscheint.

Und es wird noch unfairer: Für mich selbst kann ich mir sexuelle Dienstleistungen gegen Bezahlung trotz des misslungenen Abends mit Sammy sehr wohl vorstellen. Bei einem Mann oder einem Partner würde ich es nicht tolerieren. Bin ich vielleicht misandrisch, steckt in mir eine kleine Männerhasserin? Ich glaube das nicht, denn bei schwulen Strichern und ihren Kunden sehe ich das genauso. Dass jemand den Job ausübt, befremdet mich nicht so sehr, wie dass ihn jemand in Anspruch nimmt. Außer wenn ich die Kundin bin.

Kommerzielles Tantra erscheint mir dabei appetitlicher als Straßenstrich, obwohl es eigentlich dasselbe ist: Orgasmen gegen Geld.

Was, so frage ich mich also, ist an Prostitution schlimm?

Die Argumente:

1. Andere Menschen sehen einen fast oder ganz nackt.
2. Das passiert Burlesquetänzerinnen, Kunstmodellen und Bademeistern auch.
3. Man fasst fremde Menschen intim an.
4. Genau wie Masseure, Piercer, Depiladoras, Gynäkologinnen, Urologen und Ärzte insgesamt.
5. Der Job ist mitunter unappetitlich.
6. Ja, aber das ist Kanalreinigung, Hebammentum, Kosmetik oder Wurstbräterei auch.
7. Man lässt sich für etwas bezahlen, das man umsonst macht, wenn man jemanden gern hat.
8. Das ist nun wirklich Unsinn, denn jeder, der eine Dienstleistung anbietet, gibt bei Freundschaft Rabatt oder erledigt es aus Nettigkeit gratis.

9. Man benutzt jemanden für seine persönliche Lust, ohne ihm etwas entgegenzubringen.
10. Alltag in lieblosen Ehen, würde ich sagen. Außerdem: Pornografie ist nichts anderes, auch da benutze ich die Darstellerinnen und Stecher für meine Lust. Apropos Porno: Neulich habe ich einen Film gesehen, in dem Sasha Grey sich in einer Industriekulisse von einer Fickmaschine durchrammeln lässt. Ich war schon sehr überrascht, wie laut man beim Sex schreien kann, irre, dagegen piepse ich wie ein Eichhörnchen. Miss Grey schrie jedenfalls wie am Spieß, meine Nachbarn denken wahrscheinlich, ich sei ins Splatter-Fach gewechselt. (Laut eigener Aussage trieb Miss Grey das Herumgeficke übrigens aus künstlerischen Gründen ins Extreme, weil sie ihre Regisseure zu mutlos fand.) Und im Grunde benutzen mich Menschen ebenfalls, die meine Bücher lesen, um dazu zu masturbieren. Das stört mich keineswegs, im Gegenteil, ich stelle mir gern vor, wie befriedigt lächelnde Frauen mit meinen Geschichten in der Wanne liegen und seufzen. Das ist ein kleines Stückchen Weltfrieden, und mich beglückt diese Vision sehr.

Ich bin in der Frage, wie ich zu Prostitution stehe, weder gerecht noch konsequent, oft indifferent widersprüchlich, aber ich bewerbe mich hier auch nicht um den goldenen Heiligenschein, sondern denke an einem Thema herum, das einerseits verteufelt und andererseits genauso unangebracht glorifiziert und verharmlost wird.

Gar keine Frage ist natürlich, dass das kriminelle Milieu, das die Prostitution oft mit Drogen, Gewalt und Ähnlichem umgibt, furchtbar ist und dass man Zwangsprostitution ekelerregend, widerwärtig und indiskutabel finden muss. Wieso hat sich damals eigentlich jeder über den Kokainkonsum von Michel F. aufgeregt, aber nicht darüber, dass die georderten Hostessen offenbar nicht freiwillig im Gewerbe tätig waren? Diejenigen, die erzwungene Prostitution fördern, und die, die sie in Anspruch nehmen, dürfen sich gern eine Zelle mit einem sexuell ausgehungerten Zweimeter-Golem teilen und sich von den anderen Knastis zur Miss Asshole wählen lassen.

Auch Freier, die auf Bareback (Sex ohne Kondom) bestehen, haben keinerlei Sympathie verdient. Sex ohne Kondom – unfassbar, dass man darüber noch reden muss. Was geht da psychologisch ab bei der Gratwanderung zwischen Lust und Risiko? Man muss sich keine Rasierklingen in die Muschi oder Kürbisse in den Anus stecken, sich beim Ficken bis zur Ohnmacht würgen oder sein Leben beim Gangbang auf einer einsamen Autobahnraststätte gefährden – aber außerhalb einer monogamen Beziehung ohne Kondom zu ficken gehört genau in diese Kategorie. Und auch wenn es nervt: Sex ohne kann tödlich sein, immer noch, das hat mit Spaß verderben nichts zu tun, sondern mit gesundem Menschenverstand. Ich persönlich sehe mir auch Pornos wesentlich entspannter an, wenn ich nicht die ganze Zeit überlege, ob sich die kleine Blonde zwischen den beiden Gorillas gerade ihr letztes Ticket abholt.

In Sachen Kriminalität und Gewalt sind wir uns hoffentlich alle einig. Aber was ist mit den Huren, die ihren Job freiwillig machen? Die Spaß daran oder ihre Berufung entdeckt haben? Die gibt es ja auch. Ich habe einmal eine Stadtrundfahrt durch Berlin gemacht, die zu diesem Thema angeboten wurde, weil ich dachte, das sei eine soziologische oder irgendwie kulturhistorische Veranstaltung. Stattdessen war es eine Art Betriebsausflug von zwei Dutzend gut gelaunten Huren, die sich gegenseitig Anekdoten erzählten, wo sie mal gestanden und angeschafft hatten. Ein Bus voller Happy Hookers. Die machten keinen rettungsbedürftigen oder geknechteten Eindruck.

Und zum Schluss, genauso ratlos wie am Anfang dieser Kolumne, die Frage aller Fragen: Würde ich mich selbst prostituieren? (Also horizontal. Nicht die *normale* Prostitution, die jeder bisweilen in Kauf nimmt, wenn er Jobs annimmt, die er nicht mag, nur um damit

Miete und Katzenfutter zu bezahlen.) Wenn mir jemand die berühmte Million für eine Nacht böte? Würde ich widerstehen? Ganz ehrlich: Ich weiß es nicht.

Es gab mal diese Werbung, wo eine junge Mutter gefragt wurde, ob sie sogar ihr Baby in diesem wundermilden Spüli baden würde. Wollte sie nicht, wozu auch, aber sie kam zu dem Ergebnis: »Gut zu wissen, dass ich es könnte.«

Da gehe ich mit.

Wacken is where your heart is. Oder: Schrei vor Glück!

»Schläfst du schon?«, kann eine intime, zärtliche Frage sein. Aber nicht, wenn ich sie beim Sex stellen muss, weil mein Partner stumm daliegt wie bei seiner eigenen Autopsie. Dabei gibt es kaum einen heißeren Soundtrack fürs Schlafzimmer als Stöhnen, Wimmern, Schreien, Winseln oder Stammeln. Sex und Punkrock haben etwas gemeinsam: Richtig Stimmung kommt erst auf, wenn es laut wird. Das ist scharf für beide. Die laute Lust enthemmt, und der Partner freut sich, dass er offenbar etwas richtig macht.

Musik aller Art finde ich beim Vögeln dagegen eher störend – wer schon mal mitten in der schönsten Klitorismassage entnervt nach dem iPod getastet und dabei in eine kratzbürstige Katze gegriffen hat, weiß, was ich meine. Auch die Musikauswahl ist vertrackt. Ich stehe auf angejazzte, melancholische Stücke von sehr hoch hauchenden Sängerinnen. Der aktuelle Liebste sagt, diese Songs klingen, als würde eine Katze vor einer Dose Whiskas jammern. Er wiederum mag Klassik, und wenn das Orchester so richtig loslegt, sehe ich in Gedanken die Elefanten von *Aida* einmarschieren. Dann haben wir eine an sich sehr schöne Filmmusik-CD, auf der aber in der Mitte ein Stück mit Didgeridoo, Regenrassel und Maultrommel kommt. Das nennen wir die Roger-Willemsen-Vorspiel-Musik, was ich nicht mal so abturnend finde, denn Roger Willemsen ist durchaus fickbar, wenn er wie ein ausgesetzter Cockerspaniel guckt und nicht gerade theoretisch herumschwadroniert. Mein Partner meint aber, Rogers Schnappatmung habe etwas von einem migränegeplagten Koi auf dem Trocknen. Wenn man einmal anfängt, über Fische und ihre Migräne zu reden, kann man das Ficken vergessen, da passiert nichts mehr.

Dann doch lieber das heisere Röcheln, wohlige Raunen und knurrende Gurgeln, das mir ankündigt, dass meine Hände auf dem Menschen neben mir eine erogene Zone gefunden haben. Ich habe akzeptiert, dass die meisten Männer deutlich weniger reden als ich (vielleicht auch, weil sie bei mir selten zu Wort kommen?), aber warum klingen so viele im Bett wie geknebelt? Stammt das noch aus einer Zeit, als Mutti ins Kinderzimmer einfiel, um zu kontrollieren, ob die Patschhändchen sich brav über der Bettdecke befanden?

Bei mir selbst erübrigen sich Fragen wie »Gefällt dir das?« oder »Bist du gekommen?«, denn bei mir kriegt man das mit. Ich bin laut beim Sex, frei nach dem Motto: »Auf ihm mit Gebrüll!« Ich kichere, fiepe, schnurre, gurre, raune, zische und jaule. Stimmt der Partner mit ein, kann man sich gemeinsam reinsteigern, und das ist nicht nur scharf, sondern verbindet auch. Möglich, dass deswegen so viele Leute im Chor singen. Gemeinsam Geräusche machen hebt die Stimmung – abgesehen von öffentlichen Toiletten, da bin ich eine totale Klemmschwester, aktiv wie passiv.

Ich hasse es, die Presswehen aus der Kabine neben mir mitzukriegen, ich möchte kein erleichtertes Japsen beim Plätschern hören und auch kein leises Brabbeln. Manche Menschen kommentieren ihre Verrichtungen, als würden sie jedes Rosettenzucken live twittern. Lasst das! Das will ich gar nicht wissen. Schleierhaft ist mir, wie Männer derartig intime Körperfunktionen öffentlich vollführen können. Haben die keine Pinkel-Scheu? Wird sie schon den kleinen Jungs aberzogen? Oder ist das Gegenteil der Fall und die Scham uns Mädels anerzogen und somit das männliche Gruppenpieseln ganz natürlich? Nur weil wir Frauen in Restaurants und Clubs oft zu zweit auf die Toilette gehen, heißt das nicht, dass wir auch gemeinsam auf dem Topf sitzen. »Ach, dein Mittelstrahl strullert aber schön kraftvoll«, hab ich jedenfalls noch nie einer Freundin gesagt oder von ihr gehört.

Männer scheinen ein viel spielerischeres Verhältnis zur eigenen Urin-Entsorgung zu haben. Die haben Aborte, wo Bildschirme mit lächelnden Modelgesichtern über den Urinalen hängen, es gibt kleine Fußballtore in den Becken, in die man winzige Plastikbälle hineinschwemmen kann, oder aufgemalte Fliegen, die man treffen soll. Und ich erinnere mich an die Uni-Party in einem Burschenschaftshaus, in dem es Fußmulden vor und gepolsterte Kopfstützen über der Pinkelrinne gab, sodass der geneigte Bursche im Bierrausch sicher verankert und vornübergelehnt den Dingen ihren freien Lauf lassen konnte.

An dieser Stelle möchte ich öffentlich bekunden, dass ich Burschenschaftler völlig unabhängig von ihrem Aussehen für absolut unfickbar halte. Meine Muschi ist eine Anti-Burschenschafts-Zone, eine No-go-Area für Reaktionäre und Möchtegern-Faschos. Und ich finde es rasend komisch, dass gerade Männer, die mit Schaum vorm Mund gegen alles Gleichgeschlechtliche geifern, so dermaßen schwuppige Rituale pflegen. Jemand, der alte Herren bedient, sich Tiernamen geben lässt, dem Degen des Kontrahenten entgegenspringt und sein Wams mit bunten Bändern schmückt, gehört doch eher in den Berliner Darkroom *Ficken 3000* als auf die Wartburg.

Wo waren wir? Ach ja, bei braunem Unrat und gelber Brühe. Beides, also Fanatiker wie Urin, kommen weder in meinen sexuellen Phantasien noch in meiner erotischen Realität vor. Und ich möchte bitte von beidem rein gar nichts hören, denn wenig anderes turnt mich dermaßen ab.

Ganz anders die Lustschreie netter, frohlockend vögelnder Menschen. Die höre ich ausgesprochen gern. Und ich besitze sogar zwei Kassetten (liebe nach 1981 Geborene: Kassetten waren Plastikbehältnisse mit Tonbändern darin, die man in einem Rekorder abspielen konnte) voller Gestöhn. Diese habe ich, bevor die Hörbuch-Welle losbrach, in einem Sexshop auf der Reeperbahn erworben, und zwar nicht käuflich. Ich entdeckte sie eingestaubt in einem Regal unter der Kasse, und der Angestellte gab sie mir als Goodie zu einem Vibrator mit dazu. Er kommentierte das Ganze mit: »Die hat noch nie einer haben wollen.« Sie sind verbalerotisch nicht wirklich das Raffinierteste, das man sich vorstellen kann. Meistens hört man darauf nur Grunz- und Schmatzlaute und hin und wieder ein sächselndes »Uh jo, dos is guud«, »Ludsch ihn mio« oder »Los, stöck ühn reun, jojojo«. Mittlerweile gibt es Erotik-Hörbücher ohne Ende und auch kunstvolles Gestöhn jeder Art (allerdings suche ich immer noch vergeblich eine CD mit Katzenschnurren und freue mich über hilfreiche Produkthinweise).

Viel lustiger als das Konsumieren ist aber sowieso wie immer im Leben –, es selbst zu tun. In diesem Fall also: Schweigen ist Silber, Stöhnen ist Gold. Und schrill schreien wäre die Platin-Edition.

Wenn die Lust sich in mir ausbreitet, schließe ich meist die Augen, ich kann mich dann besser aufs Fühlen konzentrieren und genießen, was mit mir veranstaltet wird. Und trotzdem möchte ich, dass es dabei eine direkte Verbindung zum anderen gibt. Ich höre, ob es ihm gut geht, ob es ihm gefällt, ob er mehr will, und ich höre mich, und auch das macht mich an. Das Ohr als erogene Zone sitzt sehr nah am größten Lustorgan, das wir überhaupt haben: dem Gehirn. (Es ist nicht der Hintern, obwohl das Fettsteiß-Fetischisten behaupten.) Je mehr unterschiedliche Sinnesreize es geboten bekommt, desto schärfer wird die Show. Tasten, Schmecken und Riechen sind nicht alles, Hören gehört dazu. Erstaunlicherweise funktioniert das sogar umgekehrt: Das Stöhnen kann die Lust auch erst hervorrufen und anheizen. Das ist zum einen Teil reine Biochemie. Wenn man zunehmend heftiger stöhnt und immer schneller atmet, wird viel Sauerstoff ins Gehirn gepumpt, und das wirkt beim Orgasmus wie Grillanzünder. Der andere Teil ist Psychologie: Es enthemmt zu hören, wie man sich gehen lässt, denn im Alltag kontrolliert man sich ständig, denkt darüber nach, was man wie sagt, oder überlegt, wie das gerade geklungen hat ... aber beim Sex interessiert das nicht. Seine Hände oder seine Zunge auf meinem Körper rufen direkt eine Reaktion hervor, ohne den Umweg über den Verstand zu nehmen – eine Autobahn für die Lust. Freie Fahrt ohne Geschwindigkeitsbegrenzung und Mautstation! Ganz nebenbei feuert es auch den Partner an, denn der freut sich, wenn ich stöhne und schreie und gibt sich dann umso mehr Mühe. Niemand strengt sich gern an ohne ein Leckerchen zwischendurch.

An dieser Stelle möchte ich meinen alten Nachbarn grüßen, der sich nie bei mir über die Geräuschkulisse beschwert, obwohl ich nachtaktiv bin und oft weit nach Mitternacht Spaß habe. Er hat bisher weder mit dem Besen gegen die Wand gewummert noch am nächsten Morgen im Treppenhaus anzüglich gezwinkert. Das weiß ich sehr zu schätzen, und deshalb revanchiere ich mich gern mit Toleranz und übersehe es, wenn er mir an seiner Wohnungstür seinen in den Sechzigerjahren gestählten (und das letzte Mal gewaschenen) Körper in ein rotes Feinrippunterhemd gewandet präsentiert. Untenrum lieben seine libertären Klöten es frei schwingend. Wenn ich bei ihm wegen eines technischen Problems klingele und er merkt, dass es länger dauern wird, wirft er sich netterweise einen weißen Frotteebademantel über und sieht dann aus wie ein schlecht gelaunter Eisbär, was auch vom Geruch her ungefähr hinkommt. Wir haben uns also arrangiert.

Die meisten Nachbarn sind laut einer Statista-Umfrage sowieso ziemlich tolerant, was das Liebesleben ihrer Umwohnenden angeht: Nur elf Prozent der Befragten fühlen sich durch Sexgeräusche ihrer Nachbarn belästigt. Das Amtsgericht Rendsburg hat zwar geurteilt, dass Sex dann zu laut ist, wenn Nachbarn davon aufwachen, aber auch dafür gibt es ja Abhilfe, nämlich tagsüber zu vögeln.

Außerdem ist Lärm immer relativ. Die Heavy-Metal-Fans, die sich in Wacken laut brüllend und Bier trinkend im Schlamm wälzen, finden das, was sie da treiben, völlig normal. Und da ich nicht in einem Zelt auf dem Festivalgelände hause, sage ich gern: Soll'n se doch.

Unter mir allerdings wohnt ein Kind, das seit einigen Tagen ebenso hingebungsvoll wie talentfrei Blockflöte übt. »Oh my darling Clementine«. Immer und immer wieder. Keine Frage, ein ekstatisch schreiendes Pärchen, auch jenseits des 85-Dezibel-Richtwertes, wäre mir sehr viel lieber.

Der Grinch in meinem Bett

Eine unbefruchtete Eizelle und ich haben etwas gemeinsam: Wir duften beide nach Maiglöckchen. Bei mir liegt das an meinem Lieblingsparfum, mit dem ich mich allmorgendlich einneble, die Eizelle hingegen wurde von der Natur aromatisiert, damit die Spermien wissen, wo sie langwedeln müssen, die riechen das nämlich. Paarung und Geruch hängen eng zusammen, im Guten wie im Schlechten. Ein Mann kann noch so attraktiv, witzig und interessant sein, wenn ich ihn nicht riechen kann, läuft da gar nichts. Deshalb gehören Dill-Chips, Döner oder frittierte Zwiebelringe beim Date verboten – es sei denn, man möchte diese Dinge gezielt als kostengünstige Verhütungsmethode einsetzen.

Gerüche beeinflussen nicht nur meine Laune, sondern lösen auch eine ganze Lawine von Erinnerungen und Assoziationen aus, ähnlich wie bei einem Lied, das man hört und sofort mit einer Stimmung oder einem Ereignis verbindet. Rieche ich Chanel N° 5, bin ich augenblicklich wieder vier Jahre alt, und es ist Weihnachten. Meine Mutter trägt ein psychedelisch gemustertes Polyester-Abendkleid, die Kerzen brennen, und ich muss dringend noch mal Pipi, obwohl die Glocke schon zur Bescherung geläutet hat. Kernseife: Knutschen mit Sibylle auf dem Schulklo und meine Fingerkuppen an ihrem feuchten Slip (weiter kam ich nicht). Frisch gestärktes Leinen: das Wochenende mit Hendrik in der Skihütte und die erste 69 meines Lebens. Pflaumenmus: der Dreier in der WG mit Sabs und Tobi, wobei nicht nur ihre Namen nach Haustieren klangen, sondern auch unsere Geräusche und unser Gerangel vermutlich viel von einem herumknäuelnden, schlabbernden Welpenrudel hatten.

Die Wissenschaft behauptet, dass wir unsere Partner nach Geruch aussuchen. Angeblich gehen unter anderem deswegen so viele Beziehungen in die Brüche, weil genau dieses System wegen der veränderten Einnahme von Hormonen (z. B. der Pille) nicht mehr richtig funktioniert. Das ist schon bitter: Ausgesucht hat man sich Matt Bomer, dann setzt man die Pille ab und hat plötzlich den Grinch im Bett.

Eine TV-Dokumentation zeigte neulich einen Versuch, bei dem Männer an getragenen T-Shirts riechen und Fotos von Frauen nach ihrer Attraktivität bewerten sollten. Am Ende stellte sich heraus: Die attraktivsten Frauen waren auch die Besitzerinnen der am lieblichsten duftenden Shirts. Scheinbar haben wir bei Besamung und Befruchtung gar nicht mitzureden, alles regelt unsere Nase. Das kann ich nicht wirklich glauben. Viel öfter als mich ein schöner Duft anzieht, stößt mich ein unangenehmer ab. Und wer jetzt von mir einen Spruch wie »Wer ficken will, muss sauber sein« erwartet, hat natürlich recht. Dabei sollte sich die Hygiene nicht nur auf den eigenen Körper beschränken, sondern auch das Bettzeug einschließen, und am besten den ganzen Rest der Wohnung. Ich kenne jedenfalls keine Frau, die vor sich hin keimende Wurstzipfelreste nebst Fruchtfliegennebel erotisierend findet.

Aber abturnende Gerüche haben nicht immer etwas mit Unsauberkeit zu tun, sondern auch mit individuellen Vorlieben. Ich hasse zum Beispiel Kosmetika, die nach Lebensmitteln oder Süßigkeiten riechen. Bei Männern ist offenbar Biershampoo das höchste der Gefühle (Duschgel mit Barbecue-Aroma, das nach gegrilltem Speck und Holzkohlenrauch riecht, oder ein Peeling mit Porsche-Cockpit-Duft hat sich wohl nicht durchsetzen können), und bei Frauen kommt man fast nicht an Früchten vorbei. Kokos-Shampoo, Vanille-Bodylotion, Erdbeer-Lipgloss, Kiwi-Spülung ... In der Sportumkleide und den Duschen riecht es manchmal wie eine Mischung aus Obstkorb und buntem Weihnachtsteller. Da fühl ich mich klebrig schon vom Hinschnuppern. Absoluter Unsinn ist übrigens die Vanillekerze, deren Duft laut zahlreicher

Frauenzeitschriften angeblich vom Schokoladenheißhunger ablenken soll. Das funktioniert nicht, aber irgendwas müssen die ja schreiben, wenn die Bikiniwochen vorbei und die Adventsbasteltipps noch nicht dran sind. Übrigens hasse ich es auch, zwangsbeduftet zu werden. Diese Probestreifen in Illustrierten sind doch die Pest, ebenso wie die Angewohnheit von esoterisch veranlagten Frauen, überall Duftkerzen aufzustellen oder Räume mit Aromaöl-Lampen zu kontaminieren.

Das Übelste aber sind Muschi-Waschlotionen. Gar nicht mal nur wegen ihres Duftes, sondern wegen der Einstellung, die damit verkauft wird, dieses immer implizierte *Frauen sind igitt und bäh*.

Warum wehren sich Frauen nicht gegen solche Unverschämtheiten? Warum dulden sie blöde Witze über Fischgeruch und überlaufende Feuchtgebiete? Weil kleinen Mädchen nicht vermittelt wird, dass sie etwas Tolles von Mutter Natur mitbekommen haben. Kleine Jungs pinkeln mit Papi das Feuer aus, und Mutti spricht stolz über den Pillermann. Für Mösen gibt es in der frühkindlichen Erziehung oft nicht mal ein Wort.

Abwertend oder gehässig über die Vagina zu reden – und eben das tut eine Industrie, die uns weismacht, Frauen röchen von Natur aus merkwürdig – bedeutet Frauenhass. Es ist ein selten gesehenes und jahrhundertelang verstecktes Körperteil, also wie gemacht dafür, dumme Sprüche darüber zu reißen.

Bescheuerte Werbespots vermitteln uns, dass wir ständig übelriechend auslaufen und trockengelegt werden müssen. Ich habe Freundinnen, die sich täglich einen Tampon hineinschieben, weil sie glauben, dass sie sonst zu feucht wären, und andere, die regelmäßig Mumu-Domestos verwenden und damit die gesunde Scheidenflora zerstören. Körperflüssigkeiten bei Frauen werden völlig überschätzt, da gibt's keinen Grund, panisch Rettungsringe wegen Überflutung zu verteilen. Wenn man sich tagelang nicht wäscht, ist es klar, dass sich ein modriges Odeur einstellt, aber das ist bei einem vernachlässigten Schwanz genauso. Alles, was vor sich hinknöst, müffelt halt. Eine gewaschene, gesunde Muschi duftet und schmeckt zart salzig. Übrigens enthält Mösensaft genau wie frischer Achselschweiß Duftstoffe, die Männern über einen schlappen Moment hinweghelfen können. Wenn der Penis mal nicht will, wie er soll, kann man zur Überbrückung die Achselhöhlen oder die Muschi lecken. Das freut nicht nur ihre Besitzerin, sondern kann auch die nötige Standfestigkeit zurückholen.

Manche Menschen haben eine höhere Toleranzgrenze als andere und freuen sich sogar, wenn es mal mieft. Goethe gehörte angeblich dazu (bei welcher Saubeutelei kann man den eigentlich nicht anführen? Dieser Dirty Old Man der deutschen Klassik!), und natürlich Napoleon. Der eine stahl das Mieder der geliebten Frau von Stein, um daran zu schnuppern, der andere verbot seiner Frau, sich bis zu seiner Rückkehr vom ägyptischen Schlachtfeld zu waschen. Olfaktophilie nennt man das, wenn es extreme Ausmaße annimmt. Möglicherweise hatte ich so einen neulich zu Gast. Ich hatte meine Ledercouch inseriert, auf die mein geschlechtsreifer Kater gepieselt hatte. Wer eine Katze hat, weiß, dass man so ein Möbelstück nur noch entsorgen kann. Trotzdem versuchte ich, sie zu verschenken, damit ich sie nicht selbst die vier Etagen hinunterschleppen musste. Online angeboten, gingen in der ersten halben Stunde bereits über ein Dutzend Anfragen ein. Manche mit eindeutigen E-Mail-Adressen wie Schluckluder@sowieso.de, andere ganz bürgerlich. Einer schrieb mir, er habe einen Bioladen und würde mir einen großen Obstkorb als Gegengeschenk mitbringen. (Immerhin besser als ein Kännchen Eigenurin.) Am selben Abend war die Couch entsorgt.

Aber Schluss mit den fiesen Gerüchen. Die angenehmen heben sofort die Stimmung, und darüber freut sich auch die Libido: über das Kopfkissen des Geliebten zum Beispiel. Und das Duschgel aus dem Hotel, in dem wir so wunderbar das Wochenende vervögelt haben. Die Stelle hinterm Ohr der hübschen Korsettträgerin in der Bar, bei der ich vor lauter Geilheit vergessen habe, sie nach ihrem Namen zu fragen. Gemähtes Gras im Sommer: Sex im Stehen ans Auto gelehnt. Prasselndes Feuer: die Fummelnummer im Saunabereich des Hotels in Stockholm. Oder frisch gekochtes Apfelmus mit Zimt – bringt sofort das Gefühl von weichen Knien zurück, mit dem ich in der Diele stand, als dieser scharfe koreanische Austauschstudent gerade gegangen war, nachdem er mich nicht nur bestens gefickt, sondern auch noch fürstlich Pfannkuchen gebacken hatte.

Geruch ist mindestens so wichtig beim Vögeln wie Sehen, Schmecken oder Tasten. Millionen geruchsaffine Moschustiere, Bienen und Spermien können schließlich nicht irren. Deshalb verkauft die Industrie auch zig Sorten Pheromon-Parfum, was ich für einen ziemlichen Unsinn halte. Denn damit ist es wie mit Medikamenten gegen Haarausfall oder Gewichtsprobleme: Wenn die wirklich helfen würden, hätte die jede und jeder im Schrank (oder im Beischlaf-Utensilienkoffer). Zur Zeit forschen Wissenschaftler an Liebespillen herum, die auf Oxytocin-Basis die Leidenschaft neu entfachen und die Bereitschaft zur Treue verstärken sollen. In Polen und England gibt es bereits Oxytocin-Parfums als Flirt-Helferlein. Normalerweise setzt der Körper diesen Stoff im Hypothalamus frei, wenn man sich verliebt, vögelt oder Cheesecake isst (bei Männern vielleicht eher Spareribs, aber mein Lustzentrum ist auf jeden Fall mit Käsekuchen gekoppelt). Bei Wühlmäusen hatte man durch die Gabe dieses Kuschelhormons bereits Monogamitäts-Erfolge, die kleinen Biester rammelten danach nicht mehr willkürlich in der Gegend herum. Und die Züricher Uni hat einen Versuch mit streitenden Pärchen unternommen, bei dem diejenigen Paare, die Oxytocin bekamen, besser miteinander reden konnten als die Smartie-Vergleichsgruppe.

Aber Liebe, Lust und Leidenschaft aus dem Flakon oder der Pillendose? Ich weiß nicht. Die Partnerwahl wäre damit natürlich viel einfacher: Man greift sich einfach irgendeinen Zausel, besprüht ihn – und voilà: Prince Charming!

Wenn die Gondeln Touris tragen. Oder: Kürbisse aus Schleswig-Holstein

Neulich in Venedig, auf einer dieser kleinen, mordsmäßig malerischen Brücken, die das endlose Gewirr von mordsmäßig malerischen Gässchen mit einem anderen endlosen Gewirr mordsmäßig malerischer Gässchen verbindet: Der Putz bröckelte von der Mauerwand, das grüne Wasser schwappte gegen algenbedeckte Treppenstufen, auf dem Geländer der Brücke klemmten Knäuel aus drei Dutzend Liebesschlössern mit Inschriften und Gravuren wie »Tim & Tina 4 ever«, und unter uns schob sich in ununterbrochener Folge der Gondelstau vorbei. In jeder Gondel sechs begeisterte Japaner, die die Brücke, das pittoreske Mauerwerk und uns – meine charmante Reisebegleitung und mich – mit hochgereckten Tablets filmten. Venedig halt. Wer keinen Kitsch erträgt und bei Romantik den Herpes auf der Oberlippe kribbeln fühlt, sollte es meiden. Es fällt schwer, nicht bezaubert zu sein, und es ist fast unmöglich, angesichts dieser unglaublichen Stadt nicht ergriffen zu seufzen.

Übrigens, das aber nur ganz schnell am Rande, noch eine Venedig-Kuriosität: Gegenüber einer Kirche im Stadtteil Cannaregio gibt es eine Apotheke, die im Hauseingang daneben einen Automaten unterhält mit allem, was Touristen zu peinlich ist, um es in radebrechendem Englisch zu erklären: Fußpilzcreme, Gleitgel, Kondome, Vaginalpilzzäpfchen und Ähnliches. Sehr praktisch, obwohl ich es zu gern gesehen hätte, wie jemand tagsüber und leibhaftig in den Laden kommt und Hämorrhoiden oder Erektionsstörungen pantomimisch darstellt. Auch ein bisschen irritierend fand ich die Unisextoiletten im kreuzkatholischen Italien. Weiß der Papst, dass da Männlein und Weiblein auf derselben Brille sitzen? Müsste der nicht einen Exorzisten schicken?

Zurück zur Romantik. Trotz Peinlichkeitsautomat und geteilter Schüssel: Venedig ist der Inbegriff der herzergreifenden Wohligkeit. Da waren wir uns einig. Was Romantik genau ist und wie man damit umgeht, sorgte für Diskussionsstoff. So standen wir also auf dieser Brücke und verhandelten, ob wir Gondel fahren wollten oder nicht. Ich: Ja, weil man damit auch durch die ganz engen Kanäle kommt und man gut fotografieren kann. Er: Keinesfalls. Kitschalarm.

Schon recht, Gondelfahren ist ein Klischee, und Klischees sind Kitsch. Je genauer man weiß, wie es zu sein hat, umso standardisierter ist es, also umso kitschiger.

Ich bin eigentlich für Kitsch zu haben. Zu Weihnachten explodiert in meinem Wohnzimmer ein Lametta-Laster, und kleine fette Engelchen baumeln grenzdebil flötend von jedem Zweig. Weihnachten ist eben ein psychischer Ausnahmezustand, das sind die vier Wochen im Jahr, in denen ich mich vom guten Geschmack, vom Stilbewusstsein, Purismus und der eleganten Sachlichkeit der restlichen elf Monate erhole.

Aber nun geht es nicht um Wohnkitsch, sondern um erotische Romantik, also um Romantik, die irgendwo hinführen soll, vielleicht zu einer intensiveren Beziehung und intensiverem Sex, was sich bestenfalls gegenseitig bedingt, sodass man in eine Spirale der Glückseligkeit und Ekstase hineingesaugt wird – so weit der Plan. Ein bisschen gute Laune zwischendurch wäre auch ein schöner Anfang.

Leider verstehen Männer und Frauen unter Romantik nicht immer dasselbe.

Frauen denken an Mädchendinge, also schöne Kleidung, eine stimmungsvolle Umgebung, Seidenbettwäsche, gutes Essen, liebe Worte, sanfte Zärtlichkeit, hingebungsvolle Aufmerksamkeit und natürlich Kerzen (wobei: Lasst mich mit Duftkerzen in Ruhe! Ich habe schon Massagen abgebrochen, weil ich die penetranten Vanille-Schwaden nicht mehr ertrug). Männer fallen zu Romantik Jungsdinge ein: ein gut gekühltes Bier neben einem brutzelnden Grill, beim

Fußballgucken in Ruhe gelassen werden, generell mal in Ruhe gelassen zu werden, tolle Technik (ein Mal in einem Porsche sitzen oder über einen Lamborghini streicheln) oder irgendwas Sportliches wie beispielsweise die Eiffelturmbesteigung schneller zu schaffen als die bräsigen Dummbatzen aus der Reisegruppe dahinter. Männer nennen so was nicht »romantisch«, sondern »jau – nicht ganz scheiße«. Frauen wollen Liebesdemonstrationen und Männer was Cooles, das sie noch cooler aussehen lässt, als sie eh schon sind. Beides hat seine Berechtigung, aber beides ist nicht romantisch.

Romantik ist Herzklopfen in einem Moment, in dem man es nicht erwartet hätte.

Deshalb funktioniert sie genau da nicht, wo sie garantiert sein sollte, zum Beispiel beim Gondelfahren in Venedig, bei einem Strauß roter Rosen zum Hochzeitstag, einem Verlobungs-Ring im Champagnerglas oder einem Bestaunen des Sonnenuntergangs am Strand mit sanfter Calypso-Musik. Auch schlimm sind diese sogenannten Romantikdinner in Restaurants, bei denen alle Paare das gleiche herzförmige Marzipantörtchen zum Dessert kriegen, während ein unterbezahlter Exorchesterviolinist »O sole mio« am Tisch fiedelt (gesehen Nähe Markusplatz).

Überall da, wo Romantik draufsteht, ist garantiert keine drin. Süßliche Schmierigkeit vielleicht, aber keine Gänsehaut, kein schneller Herzschlag, kein feuchtes

Höschen. Und hier muss ich nun selbstkritisch an uns Mädels herumnörgeln, denn gerade wir Frauen sind Fans von solchen Standardpaketen. Wir sehen einen Champagnerkübel und denken direkt: »Oh, wie romantisch.« Und wir wissen auch ganz genau, wie eine romantische Szene auszusehen hat, wir kennen die Choreografie bis ins Detail, alles soll exakt diesem Film mit Meg Ryan entsprechen, den wir mit zwölf gesehen haben. Von derartigen Kleinmädchen-Phantasien müssen wir uns wirklich verabschieden, die sind nicht romantisch, die sind einfach nur doof und von zynischen Drehbuchautoren geschrieben, die schnell wieder zum Inhalt ihrer Minibar zurückwollten.

Apropos Mädchenträume: Welcher Marketing-Horst ist eigentlich auf diese bescheuerte Idee gekommen, dass Frauen alles gleich viel toller finden, wenn es rosa ist und ein Schnäuzchen hat? Ich möchte kein rosa Handy, keinen glitzernden Laptop und auch kein mit pinkfarbenem Fell bezogenes Notfallkit im Auto. Ich buche ein Hotelzimmer eher, wenn es einen Holzfußboden, große Spiegel und eine Nespresso-Maschine hat, aber nicht, weil da eine Gratisausgabe der Gala rumliegt oder die Yogamatte pink Pünktchen hat. Ich bin einundvierzig und nicht dreieinhalb. Auch sexuell bin ich einundvierzig. Ich möchte nicht, dass mein Vibrator mich mit Glotzäugelchen anguckt. Meine Möse ist ein verschlingendes und aggressives

Terrain, Mösen haben Macht über Königreiche und millionenschwere Showbizverträge, wieso sollten wir uns da von Häschen, Räupchen oder Delfinchen ficken lassen wollen? Eine Möse möchte Huldigungen und keine blöde Anmache mit SpongeBob-Stimme.

Zurück zur Romantik. Das Problem: Wenn die Situation zu perfekt wird, ist sie eher eine Inszenierung, zu weichgezeichnet, zu schön, und nicht mehr sexy. Ehrlich muss sie halt sein, sonst kann man sie nur noch retten, indem man es witzig nimmt und sich beide darüber lustig machen, weil sie genau wissen, dass sie in einem Klischee sitzen wie in einer schwankenden venezianischen Gondel, umgeben von drei Dutzend alles fotografierenden japanischen Touristen.

Romantisch ist es dann, wenn es ganz persönlich auf denjenigen abgestimmt ist, den man verführen möchte. Und, ja, verführen sollte man sich, auch wenn man schon zwanzig Jahre zusammen ist und eigentlich ein Grunzen und ein Kopfnicken Richtung Schlafzimmer reicht, um klarzumachen, dass jetzt Bunga-Bunga ansteht.

Was ich zum Beispiel wirklich romantisch finde, ist, wenn man sich als langjähriges Paar noch datet. Der eine organisiert das Date, und der andere wird nur abgeholt und lässt sich darauf ein. Keiner weiß, wohin es führt, eben nicht zwangsläufig ins Bett, man muss sich schon anstrengen und sich etwas Überraschendes einfallen lassen.

Überrasch mich, bring mich zum Lachen, lass mich feucht werden – das ist das Geheimnis glücklicher Frauen. Übrigens macht es mich immer kirre, wenn Männer die Augen verdrehen und klagen: »Was will das Weib?« Einfach mal hinhören, Jungs, meistens winken wir Frauen mit unübersehbaren, brotbaumhohen, mehr als phallischen Zaunpfählen.

Ich sah einmal ein altes Paar beim Hotelfrühstück, das über die Enkel sprach, also offensichtlich schon hundert Jahre zusammen war. Und der Mann wusste nicht, wie sie ihren Kaffee trinkt! Da krieg ich die Motten. Wenn ihm schon nicht klar ist, ob Süßstoff oder Zucker, dann hat er todsicher auch keine Ahnung, ob er beim Dessert im Schlafzimmer besser trillern oder lecken sollte.

Oder auf dieser Hochzeit neulich: Da sah sich das Brautpaar tief in die Augen und schwor sich ewige Liebe, und ich dachte während ihres Gelübdes die ganze Zeit: »Das, was sie da sagt, kenne ich von irgendwoher.« Bei Torte und Prosecco kam ich schließlich darauf, und ein verstohlener Blick auf Smartphone und Google bestätigte meine Vermutung: Anstelle sich selbst etwas zu überlegen, das sie ihrem Liebsten schwören könnte, hatte die Braut einfach das Gelübde von Dr. Burke aus *Grey's Anatomy* nachgeplappert. Blöderweise weiß man als Serienjunkie, dass eben diese Hochzeit zwischen Dr. Burke und Christina nicht mal stattfand (Christina bekam vorher kalte Füße und die Hochzeit platzte). Wie kann man sich so wenig einfallen lassen und für den Moment aller Momente etwas abschreiben, das dazu noch mit miesem Karma belastet ist?

Romantik ist nicht das, was man in amerikanischen Filmen sieht und dann nachturnt, sondern stille Momente, die nur zwei Menschen gehören, Inseln im Alltag, Aufmerksamkeiten, sich Mühe geben, werben, und das hat weder etwas mit Geld noch mit Scheinwerfern oder möglichst viel Publikum zu tun.

Romantik ist für mich ein Post-it auf dem Lenkrad, auf dem »Fahr vorsichtig« steht. Oder eine Wärmflasche unter dem Plumeau, wenn es draußen zum ersten Mal im Jahr schneit. Oder zu entdecken, dass er ein Pröbchen meines Parfüms in der Kulturtasche hat, wenn er übers Wochenende weg muss. Oder wenn er ein Restaurant nur deswegen aussucht, weil im Internet der dortige Cheesecake gelobt wurde und er weiß, dass ich den liebe. Oder auch wenn er mein iPhone updatet oder sonstigen lästigen Technikkram für mich erledigt. Mitdenken statt rumschnulzen, das bringt's.

Im letzten Januar hat mir ein Mann von einer Geschäftsreise nach Schleswig-Holstein als Überraschung vier Butternut-Kürbisse mitgebracht, weil ich die so liebe und es sie in Berlin nirgendwo mehr gab. Er sah sie an einem Gemüsemarktstand und schleppte sie in einem uncoolen Stoffbeutel quer durch die Stadt zu seinem Auto. Das finde ich romantischer als ein Dutzend Rosen von der Tankstelle.

Da ist es! Das Herzklopfen! Nicht in einer venezianischen Gondel, sondern in einem Kürbis aus Schleswig-Holstein.

Gute Nacht!

Niemand war nackt außer mir. Das wunderte mich zwar etwas, weil ich davon ausgegangen war, die Party sei eher eine Art Orgie und weniger der steife Stehempfang, den ich vorfand, aber so richtig störte es mich nicht. Die Blicke der Männer empfand ich als angenehm und den Kontrast zwischen meiner eigenen Nacktheit und ihren rauen, dicken Anzugstoffen geradezu erregend. Ich schubberte mich an einem älteren Herrn, der mit einer Platte Fingerfood beschäftigt war, und genoss das Gefühl des kratzigen Tweeds an meinen Nippeln. Seine Frau, die in einem roten Cocktailkleid neben uns stand, starrte mich empört an, und ich sagte: »Regen Sie sich nicht auf, ich weiß, was ich tue, das ist Kunst!«

Leider erwachte ich dann. Ich hätte gern erfahren, wie die Party weitergegangen wäre. Vielleicht hätten sie meinen entblößten Körper als lebendes Buffet mit Sushi bedeckt. Vielleicht hätten die anderen Gäste eine lange Schlange gebildet, um, einer nach dem anderen und sehr gesittet etwas sehr Unsittliches mit mir anzustellen. Vielleicht hätte ich aber auch nur vor einer Dame mit krokoledriger Haut im Chanelkostüm die Schamlippen gespreizt und etwas gesagt wie: »Sehen Sie mal: ganz rosa, wie eine Cocktailkirsche!« In Träumen tue ich solche Dinge. Und dann wache ich irritiert und ein bisschen wuschig auf, der Kater haucht mir seinen Whiskas-Atem entgegen, und im hellen Licht des Morgens frage ich mich, ob ich vielleicht unterfickt bin, dass mir nachts so etwas durch den Kopf geistert.

Einen Zusammenhang gibt es wohl, denn wenn ich eine für meine Verhältnisse lange Sexpause durchmache (und eine Woche ohne Orgasmus wie bei der letzten Grippe sind schon eine ganze Weile, finde ich, und meine rosa Cocktailkirsche findet das auch), dann häufen sich diese abstrusen Veranstaltungen, bei denen ich mir in der Öffentlichkeit die Kleider vom Leib reiße, mit Haushaltsgeräten in der Lifestyle-Abteilung eines Kaufhauses masturbiere oder im Zoo einem Gorillamännchen meine nackten Brüste zeige und dabei unentwegt das Wort »Ba-na-ne« hauche.

Wirklich peinlich sind mir solche Träume nicht, ich freue mich eher, wenn ich nachts etwas erlebt habe. Ich halte das auch nicht für ungesund. Allerdings saß ich mal in einem Philosophie-Seminar, in dem es um Träume ging, und der Dozent zeigte sich beunruhigt über mein Geständnis, ich würde reale

Gefühle aus irrealen Träumen mit in den Tag hinübernehmen. Ist das so ungewöhnlich? Wenn mich im REM-Schlaf jemand fies ärgert, wache ich pampig auf und muss dann wie nach einem richtigen Streit erst einmal runterkommen. Auch Ängste, Schuldgefühle oder eben Erregung nehme ich aus dem Bett mit in den Alltag. Letzteres natürlich sehr gern. Ich beneide Jungs um ihre feuchten Träume, ich stelle es mir schön vor, wenn einem im Schlaf einer abgeht. Weniger neidisch bin ich auf die durchweichte Bettwäsche, versteckte Spermasocken unter der Matratze oder Post-its der Mutter am Bettpfosten, auf denen »Bitte selbst abziehen« steht (das haben mir Männer berichtet), aber alles hat eben seinen Preis.

Orgasmen im Traum, ohne sich dabei abzufingern, sich am Teddy zu schubbern oder die Möse gegen den Handballen zu pressen, gehen bei uns Mädels übrigens auch. Und diese Orgasmen sind fiebrig, intensiv bis zur Transzendentalität, sie rauschen durch den ganzen Körper, explodieren im Kopf und lassen mich erschüttert wie nach einem inneren Erdbeben zurück, sie sind schlicht großartig. Leider passieren sie mir sehr selten. Ich habe zwar gelernt, Albträume zu beeinflussen und in die Handlung einzugreifen, aber bei erotischen Träumen funktioniert das blöderweise nicht so richtig. Viel öfter als durch das markerschütternde Zucken eines Höhepunktes aufzuwachen finde ich mich verschwitzt und angespannt ins Plumeau gewickelt wieder, und die letzten Traumfetzen, die durch den Kopf geistern, reichen oft nicht mal für einen gepflegten Gutenmorgenwichs im Halbschlaf.

Ich werde ständig gefragt, ob das, was ich schreibe, auf eigenen Erfahrungen beruht, und sage dann immer wahrheitsgemäß: »Teils teils.« Es scheint unglaublich wichtig zu sein, welcher Finger in welcher Möse selbst erlebt und welche Zunge an welcher Klitoris nur ausgedacht ist, wobei es mich als Leserin nicht interessiert, wer hinter einem Buch steht, Hauptsache, die Sexszene macht mich in dem Moment feucht und kribbelig. Außerdem werden Krimiautorinnen ja auch nicht gelöchert, ob sie selbst schon mal eine Harpune in der Hand hatten, einen Kopf abgetrennt oder eine Leiche verscharrt haben. Als ich mein Buch *Dark Room* schrieb, war ich auf die Reaktionen besonders gespannt. Das ist nämlich erstmals ein Thriller mit Sex und Crime, und ich kann mir vorstellen, dass bestimmt noch jemand wissen will, wie ich auf die Sache mit dem Penis und der Buchpresse gekommen bin. Ich kann das genauso gut jetzt schon sagen: Ich habe es mir ausgedacht und dann einen Urologen gefragt, ob das so funktioniert und wie ich die größtmögliche Sauerei damit anstellen kann. Ich bin nicht nachts losgezogen und habe ein armes Opfer hinter einen Busch gezerrt.

Ein ganz autobiografisches Detail ist, was meine Heldin Marei in *Vögelfrei* durchmacht: erotisches Träumen. Sehr oft verlaufen meine Träume so, dass sich eine sexuelle Situation steigert und steigert, bis es kaum noch auszuhalten ist, und dann passiert: nichts. Eingewickelt aufwachen, Whiskas-Atem der Katze, Tageslicht.

Es beginnt zum Beispiel mit einer Fummelei in einer voll besetzten Kneipe. Wir sitzen auf Bänken an langen Holztischen, und die Hand des Mannes neben mir schiebt sich zwischen meine Beine. Ich kann fühlen, wie mein Höschen nass wird, und irgendwann stehe ich auf und beuge mich über den Tisch. Und während die anderen Gäste weitertrinken, reden oder im Takt der Musik mit den Köpfen wippen, schiebt der Mann meinen Rock hoch und zieht mir den Slip herunter. Ich spüre das ganz real, wie seine Hände über meinen Po gleiten, die Ritze befingern und sich zwei Finger zwischen meine Beine schieben. Meine Muschi ist glatt rasiert, aber es fühlt sich trotzdem so an, als würden sich die Härchen aufrichten. Die Finger gleiten zwischen meine Schamlippen. Ich knie mich auf die Bank, damit ich die Beine spreizen kann. Einige Leute bleiben stehen und sehen uns zu. Auch der Mann zu meiner anderen Seite streicht jetzt über meine Oberschenkel, während mir der erste seinen Finger in die Möse schiebt. Und möglicherweise liegt es daran, dass ich zur MTV-Generation gehöre oder einfach zu viel fernsehe, aber meine Träume haben eine Wiederholungs- und Slow-Motion-Funktion, die mit einer Art Huxley'schem Fühlkino gekoppelt ist. Dieselbe Sequenz kommt noch mal, aber herangezoomt, verlangsamt und viel intensiver gefühlt: die Fingerspitze, die die Schamlippen teilt und in die pralle und nasse Möse eintaucht. Standbild. Das wie unter Drogen vervielfachte Gefühl des Fingers in meiner Muschi. Dann noch eine Wiederholung, noch größer, noch langsamer, noch rattiger. Meine Möse ist bis in den letzten Pixel ausgefüllt mit Geilheit. Meistens steigert sich die Szene dann bis ins Absurde, bis alle Gäste der Kneipe an mir herumfingern oder Finger, Schwänze, Gegenstände in die Körperöffnungen schieben, bis ich aus allen Richtungen gefickt werde. Und ich versuche, in die Bilder einzugreifen, Sequenzen zu wiederholen, mich darauf zu konzentrieren, wie ich das bei Fantasien auch tue, das Gefühl in meiner Klitoris zu verstärken, bis es explodieren muss, weil es sonst nicht mehr auszuhalten ist, damit mich ein kosmischer Orgasmus weckt. Stattdessen: nichts. Eingewickelt aufwachen, Whiskas-Atem der Katze, Tageslicht.

Das frustriert. Meine private Hölle ist die unerfüllte Erregung, nicht kommen zu können, und bevor mir jetzt die Tantriker vorwerfen, ich sei orgasmusfixiert – ja, das stimmt, und nein, ich möchte nicht in meinen Bauch atmen und die sexuelle Energie zu meiner spirituellen Erleuchtung benutzen. Ich möchte einfach ficken und dabei kommen, auch wenn es nur ein Traum im REM-Schlaf ist.

Tablets sind nur deshalb so ein Riesenerfolg geworden, weil masturbierwillige Menschen sie im Bett und auf dem Sofa zum Pornogucken nutzen. Die Entwicklung des Internets wäre nicht derartig gewaltig, wenn es nicht die Pornografie gäbe, also etwas, das ganz viele Menschen überall auf der Welt gleichermaßen interessiert. Natürlich zeigt auch irgendwo eine Architektin ihrem Kunden die neuesten Entwürfe auf einem iPad, aber die meisten Tablets werden doch wohl zum Wichsen verwendet. Immerhin weiß jeder, wie es einen aus dem Konzept bringen kann, wenn einem die fette Erotik-Schwarte beim Masturbieren auf die Stirn fällt. Oder wenn man sich die Augen ausguckt, weil der Porno auf dem winzigen Smartphone-Bildschirm kaum zu erkennen ist und man nur raten kann, was die da miteinander machen.

Dann doch lieber Kopfkino, das funktioniert immer, und man kann heranzoomen oder das Drehbuch ändern, wie immer man es möchte.

Ich glaube übrigens nicht an Traumdeutung, weder in Freuds Sinne, der in Traumbildern die Figurationen unbewusster Wünsche sieht, noch in Jungs Verständnis des kollektiven Unbewussten mit Symbolen, die für alle Menschen gleich gelten. Das Internet erklärt wie immer sehr differenziert, geträumter Gruppensex stehe für den Wunsch nach mehr Sex, Seitensprünge deuteten auf einen sexuell ausgelasteten Träumer hin, ein fremder Partner zeige einem unausgelebte Seiten der eigenen Sexualität, ein SM-Traum beweise ein starkes Kontrollbedürfnis, und Sex mit dem Ex sei nur eine Erinnerung an eine frühere Lebensphase. Ich halte das für Humbug. Wenn man von Geld träumt, stirbt ja auch niemand, und wenn im Traum die Glocken läuten, steht auch kein neuer Job an. Das Hirn ist wie ein dicker Kater, es räkelt und streckt sich im Schlaf, es pupst und rülpst und seufzt wohlig. Mehr Geheimnis würde ich nicht hineininterpretieren.

Richtig peinliche Dinge sind mir im Traum noch nicht passiert, was aber daran liegen mag, dass mir generell wenig peinlich ist. Wer im alltäglichen Leben Mumu-Schmuck, Klistiere und Leder-Cockringe für geeignete Tischgespräche und Mitbringsel hält, wird im Traum wohl kaum zur verklemmten Betschwester.

Apropos Mitbringsel: Neulich bekam ich – und das muss ich mal öffentlich erzählen, weil ich es so toll fand – eines der schönsten Geschenke, die mir je ein Mann gebastelt hat. Ich erzählte ihm von den erotischen Träumen und dass ich daraus eine Kolumne machen möchte, und er stellte mir ein paar Tage später einen großen Karton aufs Bett mit einer Karte, auf der »Für noch süßere Träume« stand. Darin war ein Traumfänger der besonderen Art. Statt Federn und Spinnennetz, das düstere Bilder abwehren soll, hatte er ein Mobile zusammengezimmert, an dem viele kleine erotische Symbole hingen: Spielzeug, Bilder von Mumus und Schwänzen, schwarze Spitze, Zitate von Anaïs Nin und Marquis de Sade auf kleinen Plättchen. Es ist ein richtiges Kunstwerk. Und eben dieses dreht sich nun über meinem Bett, und ich hoffe doch sehr, dass, wenn nächstes Mal im Traum sich eine ganze Partygesellschaft, eine Kneipenmeute oder eine Horde argentinischer Tangotänzer über meine feuchten Körperöffnungen hermacht, mir dieses Mobile ein Happy End einfängt, und dass so mein Traum nicht nur süß, sondern auch ekstatisch endet. In diesem Sinne: Gute Nacht!

Mein Leben als Sexgöttin. Oder: Die Pawlow'sche Vagina

Ich bin eine Sexgöttin. Wenn ich nach Hause komme, reiße ich mir direkt die Klamotten vom glühenden Körper und stürze ins Schlafzimmer, wo sich nackt und geil ein scharfer Mann räkelt, der den ganzen Tag an nichts anderes gedacht hat, als wie er mich bis zum Morgengrauen ins Nirwana vögeln wird. So ist das bei mir. Jeden Tag.

Spaß beiseite.

Es gibt Phasen, in denen ticken der aktuelle Partner und ich erfreulich synchron. Da hat er das Massageöl schon gezückt, noch bevor ich die rote Wunderlampe im Schlafzimmer angeschaltet habe. Eine wirklich gute Sexbeleuchtung wirkt Wunder, kann ich nur empfehlen. Überhaupt habe ich festgestellt, dass manche Accessoires bei mir eine Art vaginalen Pawlow-Effekt auslösen, beispielsweise der »Hammock Song« von Marion Rampal, der Pure-Duft von Jil Sander, die Berührung meiner Kniekehlen während einer an sich harmlosen Wellnessmassage oder das Gefühl, wenn ich meine Beine in Nylonstrümpfen übereinanderschlage – *wuuusch* fängt meine Möse an zu sabbern, obwohl gerade gar kein Sex angesagt war. (Das ist doof, wenn eine Freundin ein Dessert mit Aprikosen oder Nougat serviert und ich nur noch an meine Klitoris denke.) Und dann gibt es Phasen, da will ich Sex und er auch, aber nicht zur selben Zeit – das frustriert. Wenn das Liebesleben mal nicht so einfach flutscht wie im Pornoroman, muss das noch kein Problem sein, aber es kann eins werden, falls sich die Rollen zementieren. Bedrängt zu werden ist genauso doof und demütigend, wie zurückgewiesen zu werden. Frauen fangen dann gern eine Diät an, weil sie sich einreden, der Sexdrive des Partners stehe in Relation zur Breite ihres Hinterns. Frauen glauben allerdings, so ziemlich alles stehe in Relation zur Breite ihres Hinterns. So ähnlich wie Männer glauben, ihre Penisgröße habe irgendetwas mit ihrem Erfolg als Mr. Bumsbastic zu tun.

Bei der Frage nach der Größe des Penis wird immer unheimlich herumschwadroniert, aber kaum jemand überlegt ernsthaft, bei welchen sexuellen Aktivitäten es denn überhaupt auf die Größe ankommt. Bei Petting und Oralsex ist es völlig egal, ob der Partner einen Erdnussflip oder einen Rettich als genitale Ausstattung mitbringt. Beim Penetrieren macht die Position den Unterschied. Ich zum Beispiel liebe Sex im Doggy Style, das ist bequem und der Winkel des Eindringens besonders lustvoll, und man hat eine Hand frei, um sich beim Vögeln da zu reiben, wo es am schönsten ist. Wenn ein Partner aber einen Baseballschläger als Gemächt hat, kann er beim Stoßen den Muttermund berühren, und das ist echt unangenehm. Bei der Missionarsstellung, allen kamasutrischen Verrenkungen, bei der die Frau auf dem Rücken liegt, und in der Reiterposition zählt eher die Dicke als die Länge. Wenn beide Beteiligten stehen, ist die Größe definitiv entscheidend, allerdings die Körpergröße.

Ich komme somit zum gleichen Schluss wie Generationen von Frauen vor mir (aber Männer können es ja gar nicht oft genug hören, also bitte): Weniger die Ausstattung an sich bringt's, sondern der kunstvolle Umgang damit macht aus einem Durchschnittsstecher den Meister Yoda der Erotik. Allerdings muss ich zugeben, dass, wenn es nicht direkt um Sex, sondern um die reine Optik geht, wie zum Beispiel in der Sauna, ich schon genau hinäuge und es ästhetisch ansprechender finde, wenn der Penis länger ist als der Hodensack. Liegt er obenauf wie eine einzelne Hörnchennudel auf einem Fleischklops, denke ich höchstens an Pasta al Forno, aber nicht an Bunga Bunga. Ich finde auch schlauchförmige Penisse schöner als zapfenförmige. Leicht gebogen dürfen sie durchaus sein, aber nicht so knubbelig aussehen wie eine Schlange, die ein Michelin-Männchen hinuntergewürgt hat. (Wer diese Meinung männerfeindlich findet, der soll bitte mal zuhören, wenn sich zwei Männer über Brüste unterhalten.) Ein schöner Penis ist also durchaus von Vorteil, um potenzielle Partnerinnen anzulocken. Hat man aber erst mal eine Frau im Bett und bekommt sie darin auch einen Orgasmus, wird sich keine über fehlende Zentimeter beschweren. Kürzlich befriedigte Frauen beschweren sich generell über wenige Dinge.

Wenn ein Partner gerade mal keinen Sex will, heißt das nicht, dass er den anderen weniger liebt oder sich nicht für ihn interessiert.

Ich gehöre nicht zu den Frauen, die lieber kuscheln als vögeln, und ich halte es auch für ein Gerücht, dass Männer generell immer Sex wollen und Frauen stattdessen lieber Jane-Austen-Filme ansehen. Natürlich kommt es vor, dass mal der eine und mal der andere mehr Sex will. Wenn aber aus Zärtlichkeit zwangsläufig immer Sex wird und einer zur Zeit keinen Sex will, stellt derjenige auch die Zärtlichkeit ein, und das geht der Intimität an die Substanz. Wenn man mal eine Weile weniger miteinander vögelt, hat man noch kein Problem, wenn man sich aber nicht mehr traut, den Partner liebevoll anzufassen und sich nahe zu sein, dann hat man eines.

Deshalb ist die erste Maßnahme: Nicht hysterisch werden und nicht die ganze Beziehung anzweifeln. Und keine Vorwürfe. »Du vernachlässigst mich« sorgt nur für mehr Stress. »Ich vermisse dich« ist eine bessere Ausgangsbasis für vorsichtige Ursachenforschung und macht dem anderen klar, dass es um ihn geht und nicht um eine Dienstleistung, die eingefordert wird.

Sex ist Temperamentssache. Menschen essen unterschiedlich viel und vögeln unterschiedlich viel, das heißt nicht, dass einem Gekochtes generell nicht schmeckt. Vielleicht hat der Unlustige nur weniger Appetit auf diese spezielle Art von Sex. Dann würde es helfen, Neues auszuprobieren. Pornofilme, Sexbücher, Toys, der Quickie unter der Dusche oder die Nummer mit den Reitstiefeln – das kann man einfach mal alles durchprobieren und sehen, was passiert.

Möglicherweise sind körperliche Ursachen der Grund für die niedrigere Sexfrequenz. Bei Impotenz weiß man heute, dass ein schlaffer Schniedel selten auf Psychoprobleme wie Stress oder Angst zurückzuführen ist, sondern sehr oft auf etwas Organisches, wie zum Beispiel Diabetes. Also, Jungs: Geht zum Arzt! Wir Mädels gehen alle halbe Jahre zur Gynäkologin, und glaubt uns mal, dass das nicht so spaßig ist, wenn die für den Abstrich mit einem Riesenwattestäbchen am Muttermund herumschabt. Bei fraulicher Unlust kann übrigens die Pille schuld sein. Die freundliche Gynäkologin berät da gern.

Lustkiller Nummer eins ist bei mir immer Stress. Morgens muss ich raus, mittags habe ich Hunger, und abends bin ich müde. Eine Lösung: Sexdates mit Terminabsprache. Mittwochnachmittag um 16 Uhr: ficken. Klingt erst mal unromantisch, ist aber eine feine Sache. Wir sind beide konzentriert, wach und vorbereitet. Wenn wir uns mit abgeschalteten Handys treffen, fühle ich mich, als hätte ich eine Affäre mit dem eigenen Partner, das ist scharf.

Wenn sich die Durststrecke zu lange hinzieht, haben Paartherapien bei Sexproblemen eine hohe Erfolgsquote. Oft wird dort geraten, Sex für eine gewisse Zeit komplett zu verbieten. Streicheln, küssen, massieren, alles erlaubt, aber nichts, was Richtung Sex oder Orgasmus gehen könnte. Der Sinn dahinter ist, die festgefahrenen Rollen aufzubrechen. Derjenige, der »nie« Sex will, soll die Chance bekommen, wieder körperliche Nähe zu erleben und auch mal den Anfang machen zu können. Keine Ahnung, ob Abstinenz tatsächlich etwas bringt; das habe ich nie ernsthaft versucht. Im Gegenteil, je mehr ich mich mit Sex beschäftige, desto interessanter wird er. Ich finde es sehr befreiend, mich mit obskuren Sexpraktiken zu beschäftigen, um dann erfreut festzustellen, dass meine Ansprüche so ausgefallen gar nicht sind. Nein, ich möchte wirklich keinen Harnröhrenvibrator geschenkt bekommen oder meinen Kopf mit einer Gummimaske verhüllen, an der unter zwei winzigen Nasenlochöffnungen ein extra dicker Analplug angebracht ist. Ich träume nicht heimlich von Sex mit dem nachbarlichen Schäferhund, und ich möchte auch keinem lebensgroßen flauschigen Bussi-Bären die vollen Windeln wechseln. Ich möchte einfach nur ficken. Aufmerksam, lustvoll, gern mit Humor. Ohne vorher einen Vertrag zu unterschreiben, dass man sich nicht wegen eventueller Folgeschäden verklagen wird. Nur ficken.

Ich bin immer am rattigsten, wenn ich gerade an einem neuen Buch sitze und schon deswegen ständig über feuchte Muschis und harte Schwänze nachdenke und wie ich beide zusammenbekomme. Als ich meinen Thriller *Dark Room* schrieb, hatte ich wie immer den meisten Spaß an den Gruppentableaus, von denen es reichlich gibt, weil weite Teile des Romans auf Sexpartys spielen. Und ich schätze Verbalerotik. Deshalb freue ich mich auf die ausführliche Telefonsex-Szene, die als Nächstes ansteht und bei der ich jetzt schon weiß, dass ich dann wieder feucht und heiß vom Schreibtisch aufstehe und mir jemanden zum Vögeln suche oder die Szene wenigstens aus rein beruflichen Gründen probe-masturbiere. Es ist ein schöner Job, und als Floristin oder Bibliothekarin käme ich wohl nicht derartig auf meine Kosten.

Neulich war ich mit einer bekannten Berliner Erotik-Kolumnistin essen, und erst als uns am Nebentisch verstohlene Blicke und das Geräusper einer plötzlich sehr schweigsamen Männerrunde auffiel, wurde uns klar, dass unsere Plaudereien über Nekro-Lesben, Tantra-Seminare und Pussy-Lollis wohl eher nicht zum allgemeinen Tischgespräch gehören. Dabei hatten wir einen guten Grund, darüber zu sprechen: Der Pornoanwalt (www.pornoanwalt.de) hatte neulich vermeldet, dass die Bundesprüfstelle die CD *Evangelivm Nekromantia* von Antropomorphia in die Liste jugendgefährdender Medien eingetragen hat. Die Kolumnistin kam an diesem Abend gerade von einem Tantra-Seminar inklusive achthändiger Nacktmassage, und Pussy-Lollis sind spätestens seit Michael Douglas' Cunnilingus-Beichte doch immer ein nettes Mitbringsel. Also alles tagesaktuelle Themen. Es war trotz des verklemmten Nebentisches ein sehr netter Abend, und die Kollegin schleppte schließlich noch einen aus der Männerrunde ab. Das kann sie wie keine Zweite, ich verneige mich vor ihr und kröne sie zu Berlins wahrer Sexgöttin. Manu, du bist die Luder-Muse!

Zum Schluss noch ein simpler Tipp, der eigentlich immer hilft, wenn ich mir beim Anblick des Partners mal ausnahmsweise nicht direkt die Klamotten vom königlichen Körper reiße: es trotzdem tun. Einfach anfangen, sich darauf einlassen und sehen, wohin es führt. Meistens zu wonnigen Momenten und der Einsicht: Etwas so Schönes sollte ich wirklich wieder öfter tun!

Arriba, arriba! Warum der eine geht, wenn der andere kommt

Ich dachte sofort an die Zeichentrick-Maus, als der smarte Südländer mir seinen Namen sagte: Gonzales. Der nächste Gedanke war: »Hoffentlich vögelt er nicht auch wie die schnellste Maus von Mexiko.«

Turbostoßen kann durchaus Spaß machen, vorausgesetzt, es ist nur eine Variation, bestenfalls in den letzten Minuten vor dem Orgasmus, wenn der Schwanz nicht nur schneller, sondern gern auch härter zur Sache gehen darf. Aber *karamba karacho* sollte nie die einzige Bewegung und das einzige Tempo sein – nein danke, ich mag nicht von einem Presslufthammer gefickt werden. Und schon gar nicht von einem, bei dem nach zweieinhalb Minuten der Akku leer ist. Ich bin für Quickies zu haben, und ich finde aufregenden kurzen Sex besser als öden, der die ganze Nacht dauert, aber kommen möchte ich natürlich schon. Diesen Unsinn, dass Orgasmen für Frauen nicht so wichtig seien, haben wahrscheinlich Männer gestreut, die nicht wissen, wo sie rubbeln sollen.

Beim smarten Südländer hatte ich Glück: Gonzales war weder Presslufthammer-B-B-Bernhard noch mexikanischer Riesenrammler, sondern Spanier. Denen sagt das Klischee nach, sie seien überaus passable Ficker, solange man nicht ihre Mutter erwähnt, denn dann, Madonna!, gehe gar nichts mehr, und er würde heulend vor Schuldgefühlen und Scham auf der Bettkante sitzen. Ich habe es lieber nicht ausprobiert. Laut erotischen Gerüchten und Verleumdungen sollen die besten Liebhaber der Welt die Kubaner sein, weil es angeblich zu deren Machotum gehört, nicht nur möglichst viele Frauen abzuschleppen, sondern diese auch besonders ekstatisch zu beglücken. Hoffentlich stimmt es, denn der weibliche Orgasmus als Beweis für männliche Ehre – das wäre doch mal was! Aber Gonzales war, wie gesagt, Spanier und orgasmusmäßig ein Jackpot, denn es fügte sich zeitlich bei uns so, wie ich es am liebsten mag: Ich kam zuerst und er etwas später, ich hatte also zwei oder drei spitze Schreie Vorsprung.

Das ist deshalb so schön, weil sich beim weiblichen Höhepunkt die Ringmuskulatur der Vagina rhythmisch zusammenzieht; und die Lust steigert sich, wenn noch ein penetrativer Reiz dazukommt. Oder, um es anders zu formulieren: Gefickt werden, während man kommt, ist geil, es intensiviert und verlängert den eigenen Orgasmus. Außerdem können wir Mädels nicht nur öfter, wir können auch länger kommen, da ist ein kleiner Vorsprung eine gute Sache.

Ich finde es am wichtigsten, dass beide beim Vögeln abheben, für mich muss es aber nicht zwangsläufig gleichzeitig passieren. Sich zu stressen, um nur ja in derselben Sekunde durch den Feuerreif zu springen, turnt total ab. Viele Dr.-Sommer-Beiträge beschäftigten sich damals in der *Bravo* mit der Frage, wie man am besten gemeinsam kommt. Als wäre dies das höchste Ziel beim Vögeln. Ich hatte schon einen Mann, der in wilder Panik mit zunehmend schriller Stimme »Komm! Komm! Komm!« bellte, als könnte das meine Ekstase beschleunigen. Oder welche, die mit dem Ton ehrlicher Verzweiflung »Ich komm gleich« winselten. Jungs, das ist nicht das Armageddon, das ist nur Sperma. Musses raus, musses raus. Kompetente Urologen mögen mich gern verbessern, aber ich kann mir nicht vorstellen, dass es gesund ist, sich wenige Momente vor dem Orgasmus in die Schwanzwurzel zu kneifen, sodass man sich alles abschnürt. Männer glauben das vielleicht nicht immer, aber uns Mädels ist es durchaus wichtig, dass Sex auch für euch schön ist. Sex ist kein Wettlauf. Und kein Synchronschwimmen. Überhaupt nichts Sportliches. Nur Lust. Also entspannen wir uns doch. Et kütt wie et kütt, sagt der Rheinländer. Es kommt, wie es kommt. Wenn man denn kommt. Hauptsache ist, *dass* man kommt. Ob man nun zusammen kommt oder nacheinander, ist völlig egal.

Mehr noch: Nacheinander abzufeiern hat echte Vorteile. Ich bin im Bett generell eine Egoistin und sehe zu, dass es mir gut geht. Ohne diesen furchtbaren Leistungsdruck. Ich frage mich nie, ob ich eine Granate im Bett bin, sondern ob ich Spaß habe. Man fragt sich ja auch nicht, ob man super im Pralinenessen ist, sondern ob die lecker sind. Im Moment des Orgasmus bin ich der einzige Mensch auf der Welt, ich nehme nichts und niemanden wahr außer meiner eigenen Geilheit. Und manchmal tauche ich aus dem Gestöhne auf mit Gedanken wie »Stimmt, du bist ja auch noch da«.

Das ist das Paradoxe an der Lust: Während der innigsten Verschmelzung ist man so alleine, wie man nur sein kann. Nicht umsonst nennen die Franzosen den Orgasmus den *kleinen Tod*. Aus dem Leben gehen und beim Sex kommen, macht man ganz allein.

Wenn man sein Feuerwerk aber nacheinander abbrennt, kann man sich auf den anderen konzentrieren, eintauchen in seine Augen und sehen, wie er in Flammen aufgeht. Das ist intimer, als zu zweit und doch allein durchs Weltall zu schießen. Und ich sehe meine Partner so gern kommen! Wenn Frauen dieses entrückte Lächeln im Gesicht haben oder Männer ganz weltvergessen mit offenem Mund Galaxien weit weg sind, dann fühle ich mich dem anderen immer unglaublich nah. Es ist ein Geschenk, diesen Moment der Lust miterleben zu dürfen.

Also ist es, finde ich, sogar besser, wenn man kurz nacheinander kommt.

Ein Problem ist der zeitlich versetzte Höhepunkt nur, wenn extrem viel Abstand dazwischenliegt, aber selbst das ist kein Drama.

Kommt er zuerst, widmet er sich eben anschließend mit Fingern, Spielzeug oder Zunge meinem Höhepunkt. Und Jungs, ganz ehrlich, uns Mädels ist es egal, wie wir kommen, solange wir kommen. Ich schätze die Abwechslung. Ein gefickter Orgasmus fühlt sich anders an als ein geleckter oder gefingerter, aber alle sind schön.

Und komme ich zuerst, und er vögelt so lange weiter, bis ich schon nicht mehr richtig feucht bin, dann nimmt man eben ein bisschen Gleitgel. Beim nächsten Mal weiß man das schon und gibt ihm einen Vorsprung mit ausgiebigem Oralsex oder einer Handmassage.

Womit ich übrigens danebenlag, war der Einsatz von Sexspielzeug. Es gemeinsam mit einem Partner einzusetzen hielt ich für eine gute Idee, bis ich es ausprobierte. Ich liebe alles, was rappelt und mich rattig macht. Und ich hatte gedacht, ganz toll sei es (und so versprachen es auch immer wieder Illustrierte und Hersteller), beim Ficken zusätzlich ein Toy zu verwenden, also zum Beispiel beim a tergo vom Mann gestoßen zu werden und sich gleichzeitig einen Klitorisvibrator an die Kirsche zu halten. Vielleicht finden das andere Frauen animierend, für mich war das wie Radio hören und fernsehen gleichzeitig: zu viel, zu irritierend, nicht hilfreich. Auch ein rappelnder Cockring brachte keinen zusätzlichen Lustgewinn. Ihn störte das kleine brummende Kraftwerk auf seiner Schwanzwurzel, und ich hatte bei jedem Stoß das Gefühl, ich hielte meine Möse an ein schwach geladenes Stromkabel. Und wer von euch Jungs mal gegen einen Elektrozaun gepinkelt hat, weiß, dass sich das lustiger anhört, als es wirklich ist. Lustig finden das nur die Kühe auf der Weide, die zusehen und sich beim Graskauen innerlich totlachen, weil wieder irgendeinem blasenschwachen Depp aus der Stadt die Haare zu Berge stehen.

Wunderbar dagegen und ein echter Teilchenbeschleuniger ist es, wenn er plötzlich etwas Überraschendes anstellt, während er mich fickt. Das muss gar nichts Großes sein, einfach irgendwas, womit ich gerade nicht gerechnet hatte. Neulich zum Beispiel fickte er mich von hinten ... (Ja, ich steh auf a tergo, es ist einfach die ideale Fick-Position. Klar, man kann sich dabei kaum ansehen, und nur Schlangenmenschen können sich noch züngelnd küssen, aber wenn nötig, hängt man einfach einen Spiegel ans Kopfende des Bettes und knutscht eben vorher und nachher.) Er fickte mich also von hinten, und dann nahm er ein bisschen Gleitgel, schmierte es mir in die Poritze und glitt mit seinen Fingerkuppen in ihr auf und ab. Es war wunderbar glitschig, kitzlig und geil und machte mich in nullkommanix rasend. Oder wenn er zwischen zwei Stöhnern unvermittelt anfängt, dreckig zu reden ... (Bitte keine lyrischen Ergüsse, vogonische Sexgedichte braucht niemand, nur hingeraunte Satzfetzen, wie nass meine Möse ist und wie geil sich das anfühlt, ins Fötzchen zu stoßen, hach, herrlich.) Das sind Kleinigkeiten, aber so was bringt's manchmal schon.

Gonzales, mein smarter Südländer, war, wie gesagt, auch ein echter Glücksfall. Tänzerisch im Vorspiel, wie ein Stier mittendrin und hinterher süß wie Crema catalana. Nur irritierte er mich ein bisschen, als es ihn übermannte, weil er »Ich gehe! Ich gehe!« rief. Spanier, so erklärte er mir später, gehen, wenn sie kommen. Japaner und Ungarn übrigens auch. Und wo wir gerade beim Orgasmus-Tourismus sind: Türkische Männer rufen dabei: »Ich entleere mich!« Und Russen teilen einem mit: »Ich werfe einen Balken!«

Ob sie diesen früher oder später werfen als ich, muss ich aber noch recherchieren.

Schieben, schrauben, würgen – vögelst du schon, oder möbelst du noch?

Schieben, schrauben, würgen! Nein, dieser Text handelt nicht von SM – obwohl: ein bisschen Masochismus ist schon dabei, denn mir geht's ums Einrichten oder, wie meine Tante Gertrude früher sagte, ums Bemöbeln. Ja, das klingt so ähnlich wie vermöbeln, allerdings ist der Schmerz subtiler. Ein schönes sinnliches Ambiente, so glauben wir Frauen, schafft auch eine sexy Atmosphäre. Schade nur, dass Männer bei Atmosphäre eher an Science-Fiction und Sandra Bullocks Freiflug durchs Weltall denken als an Shabby Chic und *Schöner Wohnen*.

Bei Frauen haben räumliche Umgestaltungen einen ähnlichen Ursprung wie eine neue Intimfrisur oder ein Paar Lack-Overknees in einem ansonsten konservativ eingerichteten Kleiderschrank: Wir wollen nicht nur die Dinge verändern, sondern mit ihnen auch uns selbst. An den Heimwerkerslogan »Mach es zu deinem Projekt« denke ich immer dann, wenn ich mir Körperhaare ausreiße, die Haut peele, die Fingernägel keramike, den Speck abtrainiere oder sonst irgendetwas Schmerzhaftes mit meinem Körper anstelle. Der weibliche Körper ist eine Baustelle wie der BER-Flughafen: Fertig wird man nie, und ist eine Ecke restauriert, bröckelt es an einer anderen. In der eigenen Wohnung ist es ähnlich. Ich wohne in drei gemieteten Zimmern (nicht auf einem Wasserschloss aus dem Mittelalter), und irgendwas zu dübeln, zu schrauben oder umzuräumen gibt es immer. Stilvoll soll es sein. Und sexy. Was schon ein Widerspruch in sich ist; man kennt den Effekt von Besuchen in stylischen Sexshops: Ist es dort zu schick, verkrümelt sich die Libido, denn die mag es gern etwas schmutzig und ein kleines bisschen primitiv.

In diesem Sinne hätte Herr Wolli vielleicht gar nicht umziehen müssen. Herr Wolli war ein Plüsch-Schaf, das ich als Kind bis ins Teenageralter so dermaßen geliebt habe, bis von ihm nur ein undefinierbarer grauer Fetzen übrig blieb, ein Schafzombie. Der musste raus, als ich meinen ersten Freund zu Hause erwartete, denn Carsten sollte mich ja nicht als Kind wahrnehmen, sondern als Traum seiner schlaflosen Nächte. Er sollte mich küssen und vielleicht ein bisschen befummeln, oberhalb des Rocksaumes, vielleicht sogar bis zu dem goldenen, viel zu großen BH, den ich meiner Mutter geklaut hatte und dessen Spitze an den Nippeln scheuerte. Dafür musste das Zimmer knutschbereit gestaltet werden, eine erste Schöner-

Wohnen-Maßnahme für den ersten Freund, und ich stellte so viele Kerzen auf, dass meine zwölf Quadratmeter aussahen wie eine Mischung aus Softpornokulisse und Gruft. Und ziemlich genauso wurde dann auch das Gefummel mit Carsten. Er war zu lang für mein Kastenbett, stieß mit den Füßen gegen die Pressspan-Schrankwand, und aus einem oberen Regal fiel eine Horde Monchichis auf uns herab, die ich beim Umräumen übersehen hatte. Wir wechselten auf die Schaumstoffcouch, in der man fast versank, bis unsere Bewegungen die Anmut von zwei ringenden Gürtelringen hatten. Erst hielt ich Carstens Schnorcheln und rasselndes Atmen für Leidenschaft, aber schließlich zog sich ein Rotzfaden quer über Mutters goldenen BH, und mir wurde klar, dass er kurz vor einem allergischen Schock stand. Ich löschte die Kerzen und riss das Fenster auf. Im hereinströmenden Licht sah leider nicht nur ich, sondern auch Carsten die nächste Demütigung: ein großer dunkler Fleck auf der Schaumstoffcouch an der Stelle, wo ich gesessen hatte. Eigentlich ein Kompliment für ihn, dass ich bei dem grobmotorischen Herumgriffeln so feucht wurde (er hatte starre Hände wie ein Playmobilmännchen, damit konnte er vielleicht eine Maß auf dem Oktoberfest stemmen, aber keine Möse in Schwingungen versetzen), aber so weit waren wir noch nicht. Er verabschiedete sich dann schnell, und ich dekorierte das Zimmer um mit lauten starken Frauen wie Annie Lennox oder Ina Deter, die – glaubte ich jedenfalls – keinen Mann nötig hatten.

Auch unter Erwachsenen ist die Einrichtungsfrage ein heißes Eisen, und ich habe schon mehr als einmal gehofft, dass die Wohnung eines Mannes nichts über sein Innenleben aussagen möge. Sie scheinen immer gerade auf dem Sprung zu sein, vielleicht auf Spionagemission oder auf der Flucht vor Alimenten? Entweder leben sie in einem Mix aus nackten Holzbrettern, Stapeln aus sich selbst kompostierenden Pizzakartons und sumpfig modernden Klamotten, garniert mit dem, was in Muttis Haushalt übrig war. Dann schwebt über allen Räumen die Aussage: »Mir isses wurscht, wie ich wohne, solange ich einen Platz für den Dosenöffner habe.« Oder aber sie sagen sich, was in einem Porsche gut aussieht, kann in einer Wohnung nicht verkehrt sein, und stopfen ihre Räume voll mit Technik, schwarzem Leder, Glas und stylischer Leere, und wenn sie dieses Konzept übertreiben, wirkt es schlachthauskalt wie in *American Psycho*. Dann überlege ich beim Warmfummeln auf der knirschenden aseptischen Couchlandschaft, wo er die Plastikplanen und die Kettensäge aufbewahrt.

Und umgekehrt? Was denken denn Männer, wenn sie in meine Wohnung kommen? Ich fürchte: nichts. Männer sehen die Einrichtung nicht, und wenn sie sie sehen, ist sie ihnen wurscht. Für mich liegt die

Liebe im Detail. Mir geht bei Designerlabeln oder Marken keiner ab, aber ich bin eine bekennende Material-Fetischistin. Darum ist bei mir alles, was man oft in der Hand hat, aus Porzellan: Lichtschalter, Kommodenknöpfe, Türklinken. Bloß kein Plastik – das betrifft natürlich nur die Bemöbelung, nicht das Sexspielzeug. Da finde ich Glas eher gruselig, obwohl eine Bekannte von mir auf ihren Glasdildo schwört, weil der angeblich viel besser in der Möse hin und her gleitet als Silikondödel, aber ich habe mich bisher nicht überwinden können, das auszuprobieren.

An Lichtschaltern interessiert Männer aber nur, wann man sie endlich betätigt, um sich nackig zu machen und übereinander herzufallen.

Vor Jahren zerbrach ich mir vor dem Besuch eines besonders sensiblen, kultivierten Mannes namens Harald den Kopf, um uns eine sinnliche Atmosphäre zu zaubern. Der war so derartig sensibel und kultiviert, dass ich zuerst geglaubt hatte, er sei schwul – war er aber nicht. Selbst ihm war sichtlich egal, auf welchem Sofa wir uns in die Schlüpfer griffen, er hätte auch eine Dritte-Welt-Baracke abgenickt. Ich hatte frische Blumen besorgt, die registrierte er nicht mal. Männer sehen Grünzeug nur, wenn es als Beilage neben einem Steak liegt. Er interessierte sich viel mehr für meinen Busen als für die antiken Buchstützen. Und irgendwie fand ich das gut. Tische rücken und Bilder hängen kann ich schließlich auch mit einer Freundin, ficken aber nicht. Immerhin bemerkte der sensible Harald, während er zwischen meinen Schenkeln kniete und sich vom Bauchnabel zu tieferen Gefilden vorarbeitete, den japanischen Blechroboter im Vogelkäfig, der an der Decke meines Wohnzimmers hängt, und so hatten wir nach dem Vögeln immerhin etwas zum Reden.

Sexy Einrichtung gibt es nicht, das wurde mir damals klar, aber Einrichtung regt Small Talk an. Wenn man nicht weiß, worüber man reden soll, redet man über das, was man gerade sieht – das funktioniert auch bei einem zähflüssigen Date. Wenn nicht direkt die Funken sprühen: einfach beschreiben, was man sieht, und losassoziieren, notfalls über den Salzstreuer auf dem Tisch.

Sexy wird dieser Small Talk, wenn man um zweideutige Dinge ringsherum redet. Von rosa, vulvaförmigen Muscheln, penisförmigen Baumwurzeln oder kleinem obszönem Kitschzeugs hin zum Vorspiel ist es nicht mehr ganz so weit. Ich sammle ja obszöne Dinge, die gar nicht obszön sind. Meine neueste Errungenschaft ist eine Zeichnung von einer Eucharis Multicornis, einer Qualle, die original wie eine offene Möse aussieht. Sie hängt direkt über meinem Sofa.

Es ist nicht so, dass Männer mich einrichtungsmäßig gar nicht beeindrucken könnten: Die Funktionalität in Männerräumen finde ich immer wieder toll. Da ist technisch immer alles auf dem neuesten

Stand. Ich kann jahrelang mit einer Schranktür leben, die mir bei jedem Öffnen entgegenfällt, solange sie nur toll aussieht. Ein Mann besorgt neue Scharniere und schraubt sie fest. Das ist eine der großen Erkenntnisse, die ich über Männer gelernt habe: Wenn ein Mann emotional involviert ist, greift er zum Akkubohrer. Das ist eine männliche Art von Nestbau. Ein Mann, der Gefühle hat, lässt nicht zu, dass seine Liebste in einer Abwrackbude ohne funktionierenden Duschkopf lebt. Und bei diesen Reparaturaktionen vollbringen manche auch rührende Aktionen: Einer hat mal als Überraschung den Kratzbaum meiner Kater seniorengerecht umgerüstet, damit die angejahrten Tiger unfallfrei rauf- und runterkommen. Da schmilzt man als Frau doch weg!

Die meisten Sachen machen mehr Spaß zu zweit; Möbel aufbauen gehört definitiv nicht dazu. Der Mann zerknüllt zuerst die Bedienungsanleitung, leert alle Schraubentütchen aus und fängt dann an, wild herumzumontieren, zwischendurch flucht er, schnauzt mich an, weil das Brett doch nicht passt, oder spricht nur noch in Kommandos: Halt mal! Drück! Zieh! Da sind wir wieder beim SM. Ich kommandiere im Bett ja auch viel herum, aber dabei bin ich wenigstens freundlich, und es geht um meine Mumu, nicht um den Wandschrank mit Schwingspiegeltüren – wobei beides nicht einfach zu handhaben ist, wenn man keinen blassen Schimmer vom Bauplan hat.

Wenn beim Schrankaufbauen gar nichts funktioniert und das Ding aussieht wie ein dekonstruktivistischer Kommentar zu moderner Kunst, fährt der Mann noch mal los und kauft im Baumarkt irgendetwas, das Strom braucht und möglichst viel Lärm macht. Je mehr Wumms das Terminator-Accessoire hat, desto mehr Testosteron schießt durch seine Handwerkeradern. Dieses Phänomen gibt es auch bei den stillen Sensiblen: Hat er schweres Gerät in der Hand, erscheint ein merkwürdiges Glitzern in den Augen, und ich warte darauf, dass er sich gleich auf die Brust trommelt, den Grill anwirft und im Schwarzenegger-Steiermark-Sound einen Blowjob verlangt. Manchmal ist so eine Situation dem Liebesleben zuträglich, und man hat plötzlich nicht mehr den jungen Horst Janson (Göttin, war der mal sexy! Der hätte bei mir jederzeit die Gobelins raffen dürfen) zwischen den Schenkeln, sondern Presslufthammer-B-B-Bernhard, und das *Rattatazong* kann dann ziemlich heftig werden.

Trotz der Montage-Konflikte würde ich das freundliche schwedische Möbelhaus mit Baukastenprinzip nicht als generell unsexy bezeichnen, denn es gibt noch anderes als das Etagenbett *Gutvik*. Ikea bietet eine Reihe scharfer Spielmöglichkeiten. (Leider nicht den Bällepool, der ist den Zwergen vorbehalten, obwohl ich mich zu gern mal nackend rückwärts hineinwerfen würde – vor allem, wenn ich mir vorstelle, die Bälle wären nicht aus Gummi, sondern aus einem glitschigen Gel wie diese Bewässerungsperlen, die man in Blumenvasen gibt, ein schlüpfrig-schleimiges Sago-Bubble-Bad, herrlich!)

Vor Jahren hatte ich mal ein tolles erstes Date beim Schweden. Der Mann des Tages und ich waren aus Jux Betten testen. Komplett angezogen und in aller Öffentlichkeit lagen wir ohne uns anzufassen auf *Brimnes* und *Malm* und erzählten uns, was wir in diesem Bett tun könnten, wenn es bei ihm oder mir zu Hause stünde. Feucht im Schritt und mit einer Packung *Sötsak Dammsugare* (ein Punschrollen-Konfekt, das beste post-orgasmische Statt-Zigarette-Leckerchen) unter dem Arm verließen wir das Schrauberparadies und trieben es zu Hause wie rollige Erdferkel.

Einmal kaufte ich in diesem Möbelhaus eine Besetzungscouch fürs Büro, und der spätpubertäre Speditionsknabe fing hysterisch an zu kichern, als ich auf seine Frage, welchen Beruf ich hätte, »Pornoautorin« sagte. Das wäre mit einem abgeklärten touepettragenden Stressless-Fachberater nicht passiert.

Eine Möglichkeit, um Paarkonflikten beim Bemöbeln aus dem Weg zu gehen, ist, einen professionellen Handwerker zu engagieren. Bei denen, die in meiner Wohnung hämmern und löten, frage ich mich allerdings jedes Mal, wieso niemand dabei ist, der auch nur annähernd sexy wäre. Wieso sehen die immer schon abgearbeitet und verschwitzt aus, wenn sie morgens bei mir klingeln? Wo kommen die her in der Früh um acht? Gibt es eine Handwerker-Waschstraße, in der sie sich vor Arbeitsantritt mit Staubbröseln, Farbklecksen und Schweiß besprühen lassen? Es könnte doch so schön sein: Der attraktive, muskelgestählte Geselle steht mit knackigem Hintern und deutlicher Beule in der Jeans auf der Leiter, und ich himmel ihn vom Boden aus an und frage, ob er vielleicht noch im Schlafzimmer einen Spreizdübel reindrücken möchte. Und er packt mich mit seinen starken Armen und wirft mich auf das eben aufgebaute *Arviksand* und zeigt meiner flutschfeuchten Mumu, wo beim Meister der Hammer hängt. Leider ungeil: In der Realität kommt ein schlecht gelaunter Frührentner mit Drecksbratzen und freiliegender pudelfellbehaarter Poritze in die Wohnung gestapft, meckert über alles, was er vorfindet, erhöht mitten im Arbeiten seinen Preis und kratzt sich während des Gesprächs an Stellen, die selbst eine Depiladora selten zu sehen kriegt. Neulich stand ein Installateur in meinem Schlafzimmer, wo über dem Bett die große Fotografie der jungen Japanerin (!) hängt, deren bunter Kimono über der Scham aufklafft. Seinen kichernder Kommentar: »Wow, sind Sie das?«, quittierte ich mit: »Äh ... nein? Ich bin ziemlich offensichtlich Europäerin?« Beleidigt ging er und montierte zur Rache die Gegensprechanlage auf Schritthöhe (falls meine Mumu mal Besuch bekommt?), und auf Nachfrage erklärte er mir, sie sei nun behindertengerecht angebracht und auch im Rollstuhl zu bedienen – ein Superargument, wenn man bedenkt, dass ich in der vierten Etage eines Hauses ohne Aufzug wohne.

Zurück zu Möbeln und Dingen, die man darauf anstellen kann.

Superstylische Sofas ohne Lehnen mögen ja cool und sexy sein, aber zum Prä-Petting, bevor man ins Schlafzimmer umzieht, sind sie unpraktisch. Erotisch ist eben, worauf sich Erotisches anstellen lässt, und leider treibt es sich auf Gelsenkirchener Barock besser als auf Rolf Benz. Ich bin auch kein Fan davon, seine Körpersäfte in der ganzen Wohnung zu verteilen und halte mich zum Ficken vorwiegend spießig im Bett, auf dem Sofa oder in der Dusche auf. Eigene Sexszenen masturbiere ich natürlich am Schreibtisch probe (wobei ich einmal mit dem Chefsessel rückwärts hintenüber gekracht bin, weil ich die Biegsamkeit dieses Möbels überschätzt hatte, aber das ist bisher der einzige Arbeitsunfall). Auf dem Palisanderesstisch zu vögeln ist mir schlicht zu unbequem, und ich finde auch nicht, dass es den Thrill erhöht, wenn man es in der Abstellkammer treibt und einem der Staubsauger dabei ins Kreuz fällt oder man in eine Kiste Glühbirnen greift.

Fummeln am Herd ist leider tabu, seit ich die Küche renoviert habe. Ich habe eine an sich sehr unsexy Vorliebe fürs Backen. Als ich davon meinem Frühjahrsliebsten erzählte, meinte er leicht irritiert, da müsse er an seine Oma in der Kittelschürze denken, wie sie stolz ihren Bratapfelkuchen auf einem weißen Spitzendeckchen aus Papier präsentierte. Ich überzeugte ihn, dass Backen in langen wollenen Strümpfen, winzigem durchsichtigem Slip und Spitzenhemdchen durchaus erotisch sein kann. Mit Mehl bepuderte Oberschenkel, Schokoladenspritzer auf der Wange und immer wieder etwas Süßes zum Ablecken, das ist sinnlich. Schließlich erwärmte er sich fürs Backen mit nackten Backen. Nun aber habe ich einen neuen Herd mit der Macke, dass sich die Kindersicherung einschaltet, wenn ich zu nah am Herd stehe und mein Bauch das Display berührt. Dann fährt er sich komplett runter und schmollt, bis man zärtlich das Feld mit dem leuchtenden Schlüssel stimuliert.

Dann doch lieber Sex auf sexgeeigneten Möbeln. Oder gleich auf expliziten Sexmöbeln, und damit meine ich wirklich Möbel und nicht Fickmaschinen, wie sie Sasha Grey so enthusiastisch und leicht verstörend in ihren Fabrikloft-Pornos vorführt.

Im 19. Jahrhundert ließ sich King Edward VII. einen Sex-Stuhl anfertigen, weil er aufgrund seiner Fettleibigkeit sonst nicht hätte kopulieren können. Angeblich soll man dieses Möbel zu dritt, also ein König mit zwei Mätressen, benutzen können, aber bisher hat niemand herausbekommen, wie das funktionieren soll. (Eine sexuelle X-Akte!)

Heutige Möbel erklären sich von selbst.

Der Cone, mein liebstes Sexspielzeug, ist fast ein solches Möbel. Leider sieht er total doof aus, egal, wohin man ihn stellt, also steht er meist im Schrank, es sei denn, er beglückt gerade aktiv meine Mumu, die die kegelförmigen Vibrationen sehr zu schätzen weiß.

In den Schrank hätte ich auch gern den Lustbock geschoben, den eine Freundin mich bat, aufzubewahren, bis ihre Wohnung renoviert sei. Leider passte er nicht hinein und stand deshalb in einer Ecke des Wohnzimmers herum. Als unangemeldet die Eltern meines Freundes hereinschneiten, warf ich schnell eine Felldecke darüber, aber es nutzte nichts. Vattern setzte sich auf den Bock, bemängelte, dass diese modernen Möbel ja alle keine Lehnen haben und nicht gut für seinen Rücken seien, und ich hoffte inständig, wenigstens das krakelig ins Holz geritzte »Fick-Sau!« würde ihm nicht auffallen. Da sind die elegant geschwungenen Ledergebilde der Kamasutra-Lounge unverfänglicher. Und was sich tatsächlich lohnt, obwohl es eine ganz profane Sache ist, sind Liebeskissen, keilförmige Gebilde, die man sich beim Vögeln unters Becken schiebt. Dadurch verändert sich der Penetrationswinkel, die Klitoris wird höher gelagert, wodurch sie erstens mehr Kontakt zum Schwanz hat und zweitens bequemer gefingert werden kann. Das klappt natürlich auch mit jedem normalen Kopfkissen oder einem Plüschschaf aus Kindertagen.

Mein mit Spannung erwartetes Experiment mit einem Sling entpuppte sich dagegen als Enttäuschung. Endlich kam das schwere neue Bohrgerät aus dem Baumarkt zum Einsatz, und der Mann der Stunde befestigte nach nur unwesentlichen Leiterunfällen und einer herausgesprungenen Sicherung einen massiven Haken in der Decke. Den Sling aufzuhängen war ein Kinderspiel. Den eigenen Körper hineinzufriemeln eher weniger. Es drängten sich traumatische Erlebnisse aus dem Schulsport in mein Bewusstsein. Als ich endlich jeden Fuß in der vorgesehenen Schlaufe hatte und erwartungsvoll hin und her baumelte, dauerte es vielleicht dreißig Sekunden, und mir fiel wieder ein, warum ich niemals, never ever ein Segelboot betrete. Oder einen Spiegel mit der reflektierenden Seite nach oben trage. Oder auf einem Trampolin hüpfe. Weil mir nämlich übel wird, wenn irgendetwas schwankt, sich dreht, bebt, wippt oder pendelt. Der Sling tat all das auf einmal, und ich hatte Mühe, rechtzeitig aus dem Gewirr an Lederschlaufen zu kommen. Kommentar des Mannes: »Wenn die Frau dir beim Date auf den Schwanz reihert, ist das eher kein gutes Zeichen.« (Sorry, Süßer, das lag nicht an dir und schon gar nicht am Schwanz. Beim nächsten Grillen blas ich dir einen zur Wiedergutmachung.) Wir stopften den Sling in die Abstellkammer zum Fickbock. Der Lover klemmte sich beim Versuch, die Beine des Bocks zu verkürzen, den Finger in einer

Schraube ein, und mir fiel, während mir immer noch vom Sling schwindlig war, eine Dose Klarlack auf den nackten Fuß. Da wären wir dann wieder beim Schieben, Schrauben, Würgen. Und vielleicht hat das alles doch etwas mit SM zu tun. Ein bisschen Schmerz gehört wohl einfach zur Lust dazu.

Muschi-Talk

Ein Gespräch mit der Schauspielerin Christiane Leuchtmann

Wie es dazu kam: Christiane suchte erotische Texte für ihr Programm *Sexy*, mit dem sie durch aufgeschlossene Buchhandlungen und tolerante Kneipen tourt. Nach einigen E-Mails und Telefonaten trafen wir uns in einer besonders düsteren Nacht in einer plüschigen Bar in der baden-württembergischen Provinz und saßen auf betroddelten Hockern, um auch mal ein ernstes Wort miteinander zu reden. Natürlich ging es um Sex. Auf Wunsch unserer Agenturen ließen wir ihr Smartphone auf dem Tresen liegen und schalteten die Mikrofon-App ein, denn »wer weiß, wofür das mal gut ist«.

Christiane: Ganz schön schwierig, unser Treffen. Ich ständig unterwegs, du immer inkognito ... und in einer Talkshow könnten wir auch nicht wirklich miteinander sprechen, ohne dass der Moderator dazwischenquakt.

Sophie: Ich fühl mich sowieso nicht wohl im Rampenlicht, das ist nichts für mich. Freiwillig würde ich nie in Talkshows gehen, und ich hoffe, dabei bleibt's auch. Ich möchte nicht morgens beim Bäcker zweideutig angezwinkert werden oder dass mich irgendwer nach meinem Lieblingsvibrator oder meiner Lieblingsstellung fragt. Ich weiß nicht, wie du das aushältst, dass du jederzeit wiedererkannt werden kannst. Wird man da nicht völlig paranoid? Ich glaub, ich hätte schnell Verfolgungswahn und würde ständig meine Mitmenschen beäugen, ob mich jemand komisch anguckt. Gruselig.

Christiane: Na gut, dein Geschäft ist auf Sex beschränkt. Darauf reagiert die Öffentlichkeit anders. Ich mache ja nicht nur *Sexy*-Lesungen, sondern spiele auf der Bühne, bin im TV, mache Hörbücher für Kinder und Erwachsene ... Die Menschen freuen sich eigentlich immer, wenn sie mich erkennen, und kommen positiv auf mich zu. Sie mögen, was ich mache, holen sich dabei aber keinen runter.

Sophie (*lacht*): Wer weiß, was die mit deinen Autogrammkarten anstellen! Bei mir ist es so, dass ich dabei auch an die Leser denke. Immerhin masturbieren viele mit meinen Büchern, da finde ich ein bisschen Diskretion angebracht. So ein Brainfuck ist ja doch eine intime Angelegenheit. Deshalb bleibe ich unsichtbar und damit masturbations-flexibel. Der eine möchte sich zu einer Lack- und Ledergöttin einen abrubbeln, der andere zum blond gelockten Engelchen. Ich bin, was immer du dir im Bett vorstellst. Außerdem kann man jemanden, den man kennt, nicht so gut als Vorlage für erotische Phantasien nutzen, finde ich. Ich mag erotische Bücher von Kolleginnen, die ich kennengelernt habe, nicht für eine Solonummer verwenden; das ist dann so, als würde die eigene Cousine in einem Porno mitspielen.

Christiane: Weiß deine Familie – Mutter, Vater, Geschwister und so weiter –, dass du Sophie Andresky bist? Und wie gehen die damit um?

Sophie: Natürlich, die wissen das, aber meine Eltern erzählen bei der Verwandtschaft, dass ich Arztromane schreibe. Ist ja auch nicht ganz gelogen, irgendwer wird immer verarztet, du weißt schon, Doktorspiele und so.

Christiane: Erinnert mich an einen Gassenhauer der Zwanziger: »Fang nie was mit Verwandtschaft an«. Ich hab mal einen Claire-Waldoff-Chansonabend im Berliner Literaturhaus gesungen, mit Direktübertragung vom SFB, das hat einen Schweinespaß gemacht. Die war so eine wunderbar emanzipierte, freche Frau – unglaublich, wie offen die Berlinerinnen vor dem Dritten Reich waren! Meine Großmutter ist ständig nackig in ihrem Gut herumgelaufen, da hatte sie bereits ihre vier Kinder, und wenn ihr Vater sie ermahnte, dass das vor dem Personal nicht schicklich sei, hat sie locker gekontert: Nicht der sich auszieht, ist das Schwein, sondern der, der hinguckt. Und dann bei den Nazis ... aus die Maus.

Sophie: Ich liebe diese alten Schwarz-Weiß-Schinken mit Bette Davis oder Katharine Hepburn. Die waren selbstständig und emanzipiert, ließen sich nichts sagen und waren dabei noch witzig, so ganz Herrin der Lage. Und dann wurde es gruselig.

Christiane: Zurück zu dir: Wie bist du überhaupt auf das Thema Erotik gekommen?

Sophie: Die reine Notwehr. Ich stellte fest, dass ich Verbalerotikerin bin und Schweinkram gern lese, aber als ich die Klassiker von Anaïs Nin und Emmanuelle Arsan durchhatte, blieb nur solches Jungszeug übrig. Dumme Blondinen, die bei jedem verfügbaren Typen »Fick mich« hauchen und sonst nichts in der Birne haben. Stereotyp, schwanzfixiert, unterwürfig, absolut humorfrei. Da hab ich mir gedacht: Gut, dann mach ich's mir eben selbst.

Christiane: Wie viel eigene Erfahrung fließt in deine Bücher ein?

Sophie: Sehr viel. Weniger bei den Geschichten. Ich hab nie eine Beziehung zu viert geführt wie in *Fuck your Friends*, hab nicht in Sesamstraßen-Kostümen gevögelt wie in *Vögelfrei* und natürlich auch keine Morde begangen wie in *Dark Room*. Aber für die sinnlichen Eindrücke musste ich doch einiges selbst erleben, sonst könnte ich das nicht plastisch genug beschreiben. Bizarre Gespräche notiere ich mir im Alltag auch immer gern. Es kommen in den Büchern auch Themen vor, die mich privat interessieren, sei es nun Burlesquetanz oder Bollywood. Und natürlich immer wieder Berlin, die Stadt, in der es mehr Verrückte und Verrücktes gibt als irgendwo sonst. Laufen in deiner Branche nicht auch besonders viele Irre rum? Ist dir zum Beispiel jemals die berühmte Besetzungscouch begegnet?

Christiane: Mit einem Intendanten habe ich nie geschlafen. Die sind entweder schwul oder nicht attraktiv genug. Einer, der mir ständig Avancen machte, war hässlich, hatte einen Klumpfuß und – das war wirklich die Härte – einen schwäbischen Dialekt. Das Abtörnendste war, dass er ständig mit seinen Trophäen prahlte: Tänzerinnen und, und, und ... Es war klar: Er ist eine Niete im Bett. Ich glaube, viele werden Intendant, weil sie sonst nie an Frauen kämen, ohne zu bezahlen. Die sind ja auch immer so geizig.

Sophie: Würdest du eine heiße Sexszene drehen? Oder hast du es schon mal getan?

Christiane: Mir geht diese ständige und oft völlig unbegründete Auszieherei auf den Senkel. Ich will nachvollziehen können, warum die Figur, die ich spiele, nackt sein muss und der Sex gezeigt werden muss und auch, wie er gezeigt werden muss. Einmal wäre ich vom Theater fast gekündigt worden, weil ich die Schönheit im *Faust* nicht nackt spielen wollte. Es war einfach nur, weil der Regisseur mich nackt sehen wollte, und das reichte mir als Begründung nicht. Bei Elke Lang, einer wunderbaren Regisseurin, hatte ich in dem Stück *Immer von Dir, immer von mir* eine Bettszene. Die Schauspieler improvisierten nach dem Buch *Fragmente einer Sprache der Liebe* von Roland Barthes. Wenn es stimmig ist, wenn du den Schutz einer Rolle hast und es nicht um deine private Nacktheit geht, spielst du natürlich auch Sexszenen. Aber die heißeste Sexszene ist für Schauspieler einfach nur harte Arbeit.

Sophie: Wie weit würdest du für einen Film gehen?

Christiane: Bei einem Regisseur, der meine Wellenlänge hat, bei dem ich weiß und spüre, dass er imstande ist, eine tolle, berührende, spannende Geschichte zu erzählen, werfe ich alles in die Waagschale, was ich habe.

Sophie: Was war das Absurdeste, das dir jemals nackt passiert ist?

Christiane: Als ich am Schillertheater die Recha in *Nathan der Weise* gespielt hab. Da hat sich, ohne dass ich es bemerkte, mein Wickel-Oberteil geöffnet, während ich meinen inbrünstigen Monolog an meinen Vater – also Nathan – hielt, ihn fragte, warum er so lange fort von mir gewesen sei. Weil ich darunter nackt war, brachte am nächsten Tag die Bildzeitung ein großes Foto von mir, mit der Überschrift: *So wartet Christiane Leuchtmann als Recha auf ihren Vater.* Und was ist dein peinlichstes Erlebnis?

Sophie: Ich war mit einem Filmredakteur essen in einem szenigen Restaurant; es war brütend heiß, und ich hatte so ein bodenlanges Kleid an aus einem sehr rutschigen Material. Auf der Toilette zog ich es aus und legte es über die Trennwand zur nächsten Kabine. Es rauschte direkt in die offene Schüssel nebenan. Ich stand also in Unterwäsche in der Kabine und wartete. Meine Handtasche mit dem Handy war noch im Restaurant. Irgendwann schickte der Redakteur eine Kellnerin, um zu fragen, ob alles in Ordnung sei. Er gab mir dann seinen Trenchcoat, den er glücklicherweise trotz der Hitze dabeihatte, und ich fuhr in Unterwäsche und einem geliehenen Männertrench im Taxi nach Hause, auf den Knien das nasse Kleid, das ich danach nie wieder anziehen wollte, obwohl ich es x-mal gewaschen habe. Aus dem Projekt wurde dann übrigens nichts. Wir hatten eine Art Erotik-Spielfilm durchgesponnen, der beim Essen den Arbeitstitel »Uschi-Obermeier-Porno« hatte. Würdest du bei so etwas mitmachen? Würdest du für, sagen wir, eine Million in einem Porno mitspielen?

Christiane: Wenn Fatih Akin Regie führt.

Sophie: Guckst du wenigstens welche?

Christiane: Was heißt hier wenigstens? Mir sind die meisten Pornos zu chauvinistisch und eklig, zeigen Frauen in einem falschen Licht und sind viel zu sehr auf gynäkologische Details fixiert. Sie regen nicht meine Phantasie an, sondern langweilen mich. Und dann dieser Quark, dass eine Frau richtig hart rangenommen werden will, das entspricht nicht der Realität. Die Frauen in meinem Umfeld finden das nicht geil. Es sollten viel mehr Frauen Pornofilme produzieren.

Sophie: Wieso gibt es eigentlich keine richtig guten sexy Szenen im deutschen Fernsehen? In amerikanischen Serien wie *Californication*, *Game of Thrones*, *Queer as Folk* oder *True Blood* wird gevögelt ohne Ende, und das sieht auch noch gut aus. Wieso kriegen wir Deutschen das nicht hin?

Christiane: Da setze ich die Fragestellung wesentlich früher an: Warum gibt es überhaupt so wenig richtig gute Filme im Fernsehen? Warum sind wir das Land der fünf Schauspieler, und warum führen völlig ahnungslose Menschen Schauspieler-Besetzungen durch oder entscheiden über Drehbücher? Mit oder ohne Sexszenen.

Sophie: Welche Figur aus einem erotischen Buch würdest du gern mal spielen?

Christiane: Casanova.

Sophie: Nutzt du dein schauspielerisches Talent auch im Bett?

Christiane: Weder im Bett noch beim Essen, und auch nicht, wenn ich Tee trinke oder duschen gehe. Das ist bei uns Schauspielern nicht unbedingt so wie bei Charlie Chaplin in *Modern Times* mit dem Festziehen der Schrauben.

Sophie: Das heißt, du hast noch nie Leidenschaft vorgetäuscht?

Christiane: Das ist mitunter mein Beruf.

Sophie: Ich bin ja überhaupt kein Groupietyp, obwohl ich in einer meiner Lieblingsphantasien Bülent Ceylan im Dampfbad anspringe. Und Bully Herbig finde ich auch ziemlich scharf, aber von den typischen Hollywood-Männern machen mich sehr wenige an. Hast du schon mal einen Star geküsst?

Christiane: Mein Mann ist ein Star!

Sophie: Okay, und wie muss ein Mann sein, was muss er machen, damit du von der Nacht mit ihm schwärmst?

Christiane: Gut riechen, sich gut anfassen. Instinktiv, einfühlsam und liebevoll agieren.

Sophie: Gibt es etwas, das Männer im Bett immer falsch machen und das ihnen mal jemand sagen sollte?

Christiane: Mit der Mär, stundenlang auf Frauen rumreiten zu müssen, sollte aufgeräumt werden. Ein

Freund von mir, der letztens sechzig geworden ist und am liebsten mit Zwanzigjährigen vögelt, war völlig bestürzt, als ich ihn darüber aufklärte, dass das für die Mädels einfach nur Folter ist, wenn er sie – vollgestopft mit Viagra – stundenlang drangsaliert. Viele selbst ernannte Womanizer bestehen auch ständig darauf, einen geblasen zu bekommen. Eine Frau muss einen Mann schon sehr mögen, um das unentgeltlich zu machen. Das ist ein bisschen wie mit ›den Müll runterbringen‹, um nicht ›runterschlucken‹ zu sagen.

Sophie: Haben rothaarige Frauen eigentlich mehr Spaß im Bett? Reagieren Männer besonders auf Rothaarige?

Christiane: Ich hatte als Blonde genauso viel Spaß im Bett wie als Rothaarige. Früher wurden Rothaarige als Hexen verbrannt, sie brachten immer Unordnung in die Gesellschaft. Männer sind zurückhaltender im Anbaggern von Rothaarigen, aus Angst vor aggressivem, dominantem Sex.

Sophie: Und stehst du nun auf aggressiven, dominanten Sex? Wie findest du diese Mode-SM-Welle? Man hat doch das Gefühl, wenn man ohne Fesseln, Peitschen und Karabinerhaken zum Sex antritt, verpasst man irgendwas.

Christiane: Folterinstrumente sind nicht mein Ding. Auch die Frauen, die ich kenne, haben andere Sexphantasien. Es sind nicht die richtig harten, üblen

Sachen, die sie anmachen. Sie wollen Zärtlichkeit, Einfühlsamkeit, eine Atmosphäre, die sie erregend finden, um auf Touren zu kommen.

Sophie: Ich finde es schlimm, dass Sex in den Medien als Zeitgeist-Sache verkauft wird. Als könnte man nur guten Sex haben, wenn man seine Modelmaße in einen La-Perla-String quetscht und dabei einen angesagten Cocktail neben dem Bett stehen hat. Das Tolle an Sex ist ja: Der ist für alle da. Auch für die Alten, Behinderten und Hässlichen.

Christiane: Hat denn die Sexindustrie auch positive Seiten für dich?

Sophie: Natürlich finde ich die gut, ich bin ein Teil davon. Erotische Dinge haben Menschen immer schon interessiert und angeregt, das fängt bei der Höhlenmalerei an und hört bei japanischen Sexcomics noch nicht auf. Übrigens finde ich es faszinierend, wie viele Subgenres es gibt und was man da alles entdecken kann.

Christiane: Gibt es für dich eine gleichwertige Befriedigung zur sexuellen Befriedigung?

Sophie: Du meinst so was wie Cheesecake? Nein eigentlich nicht. Ich bin schon allen Lüsten sehr zugetan, und es gibt viele Dinge, die ich liebe und die ich sehr befriedigend finde, beispielsweise ein Buch fertig zu schreiben, über einen Witz brüllend zu lachen, tanzen, bis mir schwindlig wird, oder eine tolle Serie zu sehen, aber das ist doch alles kein Ersatz für Sex. Und warum sollte ich ihn überhaupt ersetzen?

Christiane: Sind Nonnen für dich zwangsläufig unbefriedigte Frauen?

Sophie: Hm, kennst du eine persönlich? Nach den Nonnen in meinem Kindergarten hatte ich praktisch keinen Kontakt mehr zu welchen. Ich kann mir nicht vorstellen, dass ein ewig abwesender Ehemann, den man dazu auch noch anbeten und mit zig Schwestern teilen muss, sehr erfüllend ist. Andererseits: Guckt man sich die verzückte Ekstase von Heiligen auf Gemälden an, dann scheint da schon eine gewisse Lust bei der Religionsausübung stattzufinden. Die katholische Kunst ist ja voll von bebenden, verdrehten, zermarterten, nackten Körpern. Ich habe wenig Verständnis für die Körper- und Lustfeindlichkeit von Religionen. Ich glaube einfach nicht, dass es Gott interessiert, was ich mit meiner Klitoris mache. Oder dass es ihn etwas angeht.

Findest du, die Leute sind heute prüder als früher oder aufgeschlossener?

Christiane: Auf jeden Fall aufgeschlossener, aber auch vulgärer. Als Mädchen dachte ich immer, beim Miteinander-schlafen müsste das männliche Glied die ganze Nacht in mir rumliegen, und ich machte mir schon Sorgen um meine Schlafhaltung. Heute wird Sex viel stärker durch die modernen Medien ausgestellt und als Geschäftsmodell gehandhabt. Das Kulturvolk der Deutschen ist der größte Ausbeuter osteuropäischer Mädchen. Ich hab mal einen Bericht gesehen, wo Mädchen aus Rumänien interviewt wurden, die hier als Prostituierte gearbeitet haben. Sie berichteten, dass die deutschen Männer besonders widerwärtig mit den Mädchen umgehen, dass sie seelisch dabei kaputtgegangen wären. Woher rührt das Bedürfnis deutscher Männer, sich so an diesen abhängigen Frauen auszuleben?

Sophie: Es laufen so viele Gestörte da draußen rum. Ich würde das aber nicht als deutsches Phänomen sehen. Deutsch finde ich beispielsweise die Reaktion, bei einem Missbrauchsfall in einer Schule erst mal eine Kommission zu gründen, die darüber abstimmt, ob eine Kommission gegründet werden soll, die sich mit der Gründung einer Kommission beschäftigen könnte. Dieses Lochen-Falten-Abheften finde ich deutsch.

Christiane: Wie würdest du dem kriminellen Umfeld der Prostitutionsindustrie öffentlich begegnen? Und interessiert es dich überhaupt, darüber zu schreiben?

Sophie: Ich hoffe doch sehr, dass ich niemals irgendeinem kriminellen Umfeld gleich welcher Art begegnen muss. Zielst du auf Zwangsprostitution ab? Finde ich abartig, ekelhaft und widerwärtig. Gehört verfolgt, vor Gericht gestellt und bestraft – und zwar alle, die damit zu tun haben. Wenn eine Hure freiwillig ihren Beruf ausübt, soll sie das so geschützt, sicher, hygienisch und profitabel tun können, wie immer es geht, aber Zwang ist Vergewaltigung, nichts anderes. Beim Paolo-Pinkel-Skandal haben sich damals alle über das Koks aufgeregt. Dabei ist mir egal, was der sich für Substanzen durch die Nase zieht! Aber über die osteuropäischen Sexarbeiterinnen, die wohl nicht ganz freiwillig engagiert waren, hat niemand gesprochen, und das war doch der eigentliche Skandal!

Christiane: Absolut! Aber kommen wir wieder zu dir. Findest du dich morgens ungeschminkt attraktiv?

Sophie: Jede Frau ist schön auf ihre ganz persönliche Weise.

(*Beide lachen hysterisch und bewerfen den Barkeeper mit Erdnüssen, um noch zwei Hugos zu bestellen. Christiane trifft sein Ohr, und Sophie muss die Runde zahlen.*)

Christiane: Bist du Jägerin oder Sammlerin?

Sophie: Beides. Ich jage gern und lasse mich gern einsammeln. Wobei mir beim Stichwort sammeln einfällt, dass ich ein super unerotisches Hobby habe, das ich One-Night-Stands grundsätzlich verschweige: Ich sammle ein bestimmtes antikes Porzellan mit Goldrand, und mir geht voll einer ab, wenn ich bei

Drei-zwei-eins-meins ein fehlendes Messerbänkchen entdecke. Hast du irgendwelche heimlichen, unerotischen Obsessionen?

Christiane: Ich bin gerade mit Loriots Dramatischen Werken auf Tour und gerate geradezu in Ekstase, wenn wir in ein Hotel kommen, das ein Spa mit allem Drum und Dran hat: verschiedene Saunen, ein großer Swimmingpool, der nach draußen geht, Tauchbecken, Erlebnisdusche, Lomi-Lomi-Massage, oh mein Gott, das volle Programm! Da könnt ich ausflippen und bin ganz schwer wieder wegzukriegen. (*Sophie stöhnt zustimmend.*)

Barkeeper: Na, Ladys? Worum geht's denn hier?

Sophie: Vagina-Monologe.

Christiane: Sag mal, mein Schnuffelchen ... muss eine Frau dir eigentlich unbedingt einen blasen, um dir den hundertprozentigen Genuss zu bringen?

Barkeeper: Bei den meisten Frauen hab ich das Gefühl, dass sie das gar nicht so sehr mögen, und dann kann ich mich auch nicht entspannen. Aber lecken tu ich sehr gern!

Christiane: Du bist ein toller Liebhaber ... hab ich gleich gesehen.

(*Die nächsten zwei Hugos werden wortlos auf den Tresen gestellt.*)

Sophie: Ist dir das eigentlich peinlich, wenn du meine Geschichten vorträgst und dauernd »ficken« oder »Fötzchen« sagen musst? Bist du privat eine Verbalerotikerin? Und falls es dir anfangs unangenehm war – wie hast du das abgelegt?

Christiane: Mein Vater war Doktor der Philosophie, und wir hatten ein sehr verbal-kämpferisches Verhältnis, in dem er mir natürlich weit überlegen war – bis zur Pubertät. Dann begann ich, mich seiner Wortwahl zu entziehen und mir eine deftige Fäkalsprache anzueignen. Da fühlte ich mich sicher und stark. Es war mir immer ein Fest, Menschen sprachlich zu provozieren oder nach einer ausgetüftelten eloquenten Selbstdarstellung eines gesellschaftlich Überlegenen ein deutlich hörbares »Weitloch« zu platzieren. Ich mag deine Verbalerotik am liebsten, wenn sie meinen provokanten Humornerv trifft. Als Münchnerin habe ich zu »Fotze« ein unverkrampftes Verhältnis, wir Bayern finden es ganz normal, »Mogst a Fotzen« zu sagen, wobei wir dann nicht unsere Geschlechtsteile feilbieten, sondern mit einer Watschen drohen.

Sophie (*lacht*): Und ich hätte gedacht, es ginge um sexuelle Belästigung.

Christiane: Und nachdem ich momentan täglich die *Inhaltsangabe* in Theatern zum Besten gebe, bringt mich eh kein Text mehr aus der Fassung *(kichert)*. Wie wichtig ist dir Sex in einer Beziehung?

Sophie: Ohne könnt ich nie. Es geht mir aber nicht nur darum, dass der Sex gut ist und ich zu möglichst vielen Orgasmen komme, sondern auch um die generelle Einstellung eines Mannes zu Sex. Jemand, der darüber nicht sprechen kann oder will, der das Thema nicht witzig findet, meinen Job nicht akzeptiert oder nicht über sich selbst lachen kann, kommt als Partner nicht infrage. Ein Mann muss für mich emanzipiert sein, und damit meine ich nicht, dass er dreckiges Geschirr spült (davon gehe ich aus), sondern dass es ihn nicht schert, was üblich, normal oder männlich ist. Wenn wir beide eine Sache scharf finden, dann tun und genießen wir sie, und wenn wir etwas nicht wollen, kommt sie uns nicht ins Bett, egal, ob es alle anderen tun.

Christiane: Wechselst du bei unbefriedigendem Sex den Partner?

Sophie: Wenn es mit dem Partner sonst stimmt, würde ich erst versuchen, den Sex zu ändern. Du bist ja seit über zwanzig Jahren verheiratet, wie ist das bei euch? Habt ihr noch Lust, oder golft ihr schon? Und was tut ihr, damit es spannend bleibt im Ehebett?

Christiane: Ach ja, selber die Burka in der Öffentlichkeit nicht einen Spalt weit öffnen, aber die Sexualität meines Partners und mir zu Markte tragen wollen ... ein bisschen ungleiche Voraussetzungen, oder? Ohne Lust und Spaß wären wir in unserem Beruf nicht so erfolgreich.

Sophie: Das denke ich auch oft. Als Sachbearbeiterin oder Zoohandlungsverkäuferin hätte ich wohl nicht so viel zu lachen. Da wäre das Knoppers morgens um halb zehn wahrscheinlich der Höhepunkt des Tages. Ich finde es toll, dass Sex immer interessanter wird, je mehr man sich damit beschäftigt. Gerade denkt man, man hat alles gesehen, da stößt man auf etwas, das wieder völlig strange ist. Erst letzte Woche hab ich Tentakel-Hentai für eine Zeitschrift recherchiert, japanische Comics, in denen Frauen von unzähligen Schlangenpenissen, Krakenarmen oder Sonstigem penetriert werden. Irre, worauf Leute alles kommen!

Christiane: Die Angst vor Einsamkeit ist bei Menschen groß. Vielleicht existieren von daher viele Beziehungen auch aus einer Notdurft heraus, aus Angst, sonst keinen mehr abzukriegen. Die sexuellen Phantasien und Wünsche versucht man dann anderswo auszuleben. Ist daher die Sexindustrie nicht notwendig?

Sophie: Also bei Notdurft denke ich an das, was durchs Rohr ins Tal rauscht, und so fände ich eine Beziehung auch, die man nur hat, damit man eine hat. Wieso sollte man das tun? Eine Frau ist heutzutage selbst finanziell abgesichert beziehungsweise ist auch ein Mann kein Garant dafür; und dieses Beziehungsmodell wäre für mich eher Prostitution mit Trauschein. Nichts für mich. Das Allerschlimmste ist, wenn ich mich mit einem Partner langweile. Ein Mann darf schwierig sein, verstörend oder mich zur Weißglut treiben, aber wenn er mich langweilt, dann war's das. Dann lebe ich lieber allein und hab Gelegenheitssex. Ich finde es furchtbar, wenn so betont wird, wie sehr man an einer Beziehung arbeiten muss – das klingt doch nach Steinbruch oder Galeere. Hatte man nicht mal Spaß miteinander? Wo ist der hin? Natürlich sollte man sich immer umeinander bemühen, aber das Leben mit Partner sollte auf jeden Fall schöner sein als ohne. Wenn man sich nur noch durch die Ehe quält, bin ich lieber solo.

Christiane: Überfordert das nicht den Partner, wenn man alle sexuellen Bedürfnisse von ihm befriedigt haben will?

Sophie: Also bei meiner derzeitigen Beziehung ist es so, dass wir von zehn sexuellen Vorlieben acht teilen, einfach so, ohne dass sich einer anstrengen muss. Auf eine können wir uns einigen, und auf jeweils eine dem Partner zuliebe verzichten. Was ich vermisse, wenn ich hetero-monogam bin, ist Sex mit Frauen und Sex mit anderen Männern, aber das ist eher ein feuchtes Sehnen und kein glühendes Verzehren. Binsenweisheit: Man kann im Leben nicht alles haben. Ich kann mir nicht alles kaufen, nicht alle Pläne verwirklichen, nicht alles essen, nicht alles lernen, nicht jeden vögeln. Na schön, ist das so tragisch?

Barkeeper: Letzte Runde, die Damen.

Christiane: Danke, mein Süßer! Auf alle Fälle steckt in deinem neuen Buch wieder sehr viel Futter für mich und mein Publikum ... da wird wieder manches Höschen nass, und sei's auch nur beim Lachen. Es gibt zwar diese Kugeln, doch ich persönlich rate zu Yoga.

Sophie: Das hält Geist und Beckenboden elastisch.

Christiane Leuchtmann spielte bereits während ihrer Ausbildung an der Otto-Falckenberg-Schule an den Münchner Kammerspielen und drehte parallel dazu die Serie *Die Knapp-Familie*. Während des Drehs zu den Serien *Die Wiesingers* und *Einmal die Woche* wurde sie von Boy Gobert an die Staatlichen Schauspielbühnen Berlin engagiert, wo sie zwölf Jahre lang in großen Rollen auftrat.

1990 erhielt sie den Förderpreis für Darstellende Kunst der Akademie der Künste in Berlin.

Nach der Berliner Zeit spielte sie Theater unter anderem in Frankfurt (TaT), auf Tournee (Euro Studio) und in Hamburg (Hamburger Kammerspiele, Ernst Deutsch Theater).

Christiane Leuchtmann hat in zahlreichen Fernsehproduktionen mitgewirkt (z. B. *Herzschlag, Happy Birthday, Ein starkes Team, Alphateam, Drei Mann im*

Bett, Im Namen des Gesetzes, Adelheid und ihre Mörder, Praxis Dr. Mertens).

Sie ist eine begehrte Hörspiel- und Hörbuchsprecherin und liebt die Auftritte vor Publikum bei ihren Lesungen und Gesangsabenden.